光文社文庫

長編推理小説

地の指（上）

松本清張プレミアム・ミステリー

松本清張

光文社

目次

第一章　深夜の死体　5
第二章　追跡　69
第三章　料亭「筑紫」　140
第四章　殺意の衝動　191
第五章　三巴《みつどもえ》　240
第六章　容疑　292

第一章　深夜の死体

1

銀座裏のバー「クラウゼン」といううちだった。午後九時半というと、商売はこれからというときだ。

ギターを肩にかけた男二人が出てくるのと入れ違いに、社用族らしいのが三、四人、洒落《しゃれ》た樫《かし》のドアを押した。

冬の晩のことで、中にこもった暖かい濁った空気が顔を搏《う》った。眼鏡をかけた男は眼の前が真白に曇ってあわてる。

ホステスたちが口々に叫んで集ってくる。客はオーバーを次々に剝《は》がされた。

社用族は広くとったボックスに案内された。ここでは馴染《なじみ》客とみえて、ママがほかの席から起《た》って来て、一同にほほえみながら近づいた。

「いらっしゃいませ」

ママは落着いている。自分でその貫禄を見せているのかもしれない。和服だったが、芸者のお座敷着のような裾《すそ》模様の着物を着ている。三十二歳の、よく肥えた女だ。なるべく若く見せようとしてか、髪をふんわりと上でふくらませている。

社用族はどこのバーでも歓迎される。忽《たちま》ち五、六人の女たちがここに蝟集《いしゅう》した。洋装、着物、とりどりだった。

ホステスたちは客の間に一人ずつ挟《はさ》み込まれた。

見渡すと、というほどでもないが、とにかく、一瞥《いちべつ》すると、ほかのボックスも適当に塞《ふさ》がっていた。恰度《ちょうど》、この社用族から斜め向いに当る所の隅《すみ》に、女たちを派手に集めている客がある。

客は多勢かというと、たった一人だった。

見たところ二十七、八くらいで、小柄な、色白の男だ。洋服はあまりいい物を着ていない。どう見てもサラリーマンとしか踏《ふ》めない。

バー「クラウゼン」は決して安くない店であった。ママは客筋のいいのを誇っている。そのせいか、店は何となく高級的な雰囲気《ふんいき》に装飾されていた。

社用族の中にも馴染みの女がいるとみえて、あれはどうした？　などと傍《そば》のホステスに訊《き》いていた。

「マユミちゃんですか。あすこにいますわ」

とホステスの一人がその若いサラリーマンを取巻いているボックスを指した。

「今にこっちに伺いますわ」

客は不満そうに、折から運ばれた水割を一口呑んだ。

しかし、誰もホステスに酒をおごってやる者はいない。

「このごろ、金詰りがひどくなってね」

と社用族の一人がママに言っていた。

「いま、宴会の帰りだが、近ごろは、簡単に二次会まで認めてくれなくなった。会計が渋くなってね。だから、ここに来るのも三度に一度しか社費が出ない」

肥《ふと》ったママは口に手を当てて笑った。

「結構ですわ、お勘定はいつでも」

「いや、われわれだと、こんな高い酒をたびたび呑みにこれないからな」

「いいえ、そうでもございませんわ。うちはこの程度のよそさまのお店から比《くら》べると、ずっとお安くしているんですの」

「ほんとうだわね、ママ」

とすかさずホステスの一人が媚《こ》びるように言った。

「そりゃはっきりしてるわ」

「ここはシロウマでいくらだい？」

「二千円よ」

「ジョニ赤だといくらだ？」

「同じだわ」

「パーだといくらだ？」

「あら、いやだわ」

と女が笑い出した。

「まるで税務署の調べみたいね。さあさあ、そんなことよりも、今日は宴会のお帰りでしょ。愉快に遊んで下さいね。わたしたちもご馳走《ちそう》になるわ」

客が止《と》める間もなかった。

「新ちゃん」

と女がボーイを呼んで、

「女の子にも好きなものを訊いて」

ママは俯向《うつむ》いて静かな笑みを泛《うか》べている。

「ちょっと、ママ」

と一人が彼女を呼んだ。

「ちょっと耳を貸してくれよ」

「はいはい」

小さく囁《ささや》いたのは、今夜の勘定は個人払いだが、この次の社用の中に繰込んでくれという交渉であった。マダムはこっそりとうなずいた。

「みんなほしいのを注文しろよ」

と彼は陽気な顔になって女たちを見渡した。

「うれしいわ、わたしスコッチをオンザロックでいただくわ」

「ボーイさん、わたし、ブランデー」

時間が経《た》った。

このテーブルも賑《にぎ》やかになった。その間に「クラウゼン」を出て行くのもあり、入ってくる客もあった。ママはその都度《つど》起ち上ったが、いつの間にかこの席から姿を消していた。

が、今度は真向いのボックスに彼女の肥った背が坐《すわ》っている。

「おい」

社用族のひとりがポニーテールの女に訊いた。

「あそこにいるお客さんは誰だい？」

女は客の眼の方向を眺《なが》めたが、

「あの方？　いいえ、よく知らないわ」

「ふん、お前、知ってても客の素性《すじよう》は言わないのだろう？」

「そんなことないわ。ほんとに知らないのよ」

「しかし、あんなに女の子を集めているところをみると、満更《まんざら》、フリの客でもないだろう？」

「どっちでもいいじゃないの、そんなこと」

と横から年増の女が口を出した。

「あの方はあの方、こちらはこちらよ」

「へん、うまいこと言ってやがる。何だい、あれも社用族かい？」

別な男が口の端を濡《ぬ》らせて身体《からだ》を乗り出した。

「そうかもしれないわ。……いえ、どうだか分んないけれど」

「豪勢なものだな。あちらはひとりだからな。それにまだ若いじゃないか、あれで二十六、七くらいかな？」

「いやによそのことが気になるのね。あんまり好奇心を出すのはお止《よ》し遊ばせ」

「出したくなるよ。正直羨《うらやま》しいからな。わが社では宴会費をぎゅうぎゅう締めている。ところが、向うは派手にやっていなさる。また、生憎《あいにく》とちょうど斜め向いだから、これは見まいと思っても眼が行くさ」

「眼の毒ね。ほんとに皮肉なことに真正面だわ」

「ママもいやにゴマすっているじゃないか」

「あんた、ヤキモチやきね。きっと、情《じょう》が深いのかもしれないわ」

女は話を変えようとしていた。

そのとき、問題のボックスがざわめいたのは、客が帰ると言い出したらしい。二、三人のホステスが先に起つと若い男もつづいた。

若い客は社用族たちが見ている前を歩いて、カウンター横のレジの女の前に近づいた。歩き方も大股《おおまた》で昂然《こうぜん》とした姿勢である。女たちが彼の前後を取り巻くようにして社用族の前を流れ過ぎる。

「おい、一体、あれ、何者だい？」

よほど気になるとみえて、別な社用族の仲間が女に訊いていた。

「さあ、どなたでしょうか？」

しかも、この席からもその客がなじみとみえて、二、三人が袂《たもと》やスカートをひるがえして送りに起った。

若い客は、あまり上等でない洋服の内ポケットから一万円札三枚を抜いてカウンターに載せたが、釣りは取らなかった。こちらのボックスから眺めてよく分る。

「豪勢な男だな」

ひとりが感嘆した。

「君、本当にどういうのだい、あれ？」

バーテンまでがカウンターに蛙《かえる》のように両肱《ひじ》をついて頭を下げたのは、別にチップをもらったたらしい。

「おい、どういうのだ？」

ボックスの客は返事を催促《さいそく》した。

「あの方？」

これは、あの若い客から日ごろ注目されてない女だったせいか、少しばかり敵意を見せた言い方をした。

「お役人ということだわ」

「役人？　どこの役所だ？」

「それは知りませんわ」

「そうか」

社用族はさきほど見た若い客の洋服を眼に蘇《よみがえ》らせて、「役人」という返事に納得した。自分たちのきているものよりずっと生地が落ちるのである。

「役人にしては派手だな」

とひとりが呟《つぶや》いた。それは一同の猶予《ゆうよ》のない実感だったせいか、かえって何となく黙った。

「失礼しました、おや、お静かなのね」

見送りに出たママが戻って坐った。

「みなさん、どうなすったの？」

やはり見送りからかえった女たちも、そこに坐った。人間がボックスに急にふえた。

客のひとりがじろりと女たちを見て、

「おや、マユミがいないじゃないか？」

と眼を大きくした。

「ええ、マユミちゃんはね、ちょっとそこまで用事があって出ましたのよ」

ママはさりげなく答えたが、これは若い客と外出したことは明らかだった。

「もう、このまま帰ってもいいんだろう?」

山中一郎はマユミに囁いた。

「いいわ、ママさんにちゃんとそう言ったから」

マユミは細い眉をあげて微笑を投げた。眼が潤《うる》んでいる。子供子供した感じだが、これで二十三である。

「じゃ、あとはいいんだね?」

その意味をマユミは眼を伏せて受けた。

出口へ向うと、ボーイ二人がすかさず先に走って、クロークから山中とマユミのコートを出させている。

「どうぞ、またお近いうちに」

山中一郎はボーイにうしろからブラッシュをかけられた。

ドアを押して外に出ると、走り出たドアマンが交通巡査のように手を拡げてタクシーを呼んでいるところだった。

「お待ちどおさまでした」

ドアマンのうしろから、彼が吟味《ぎんみ》したらしい新車がすべって来た。山中はこの功労者にも千円札二枚を与えた。

「もったいないわ」

とマユミが車に乗ってから言った。

「あんなボーイ、五百円で結構よ」

「まあ、いいさ」

男は煙草をくわえた。マユミが小型のライターを鳴らすと、男の鼻先が小さな炎でぼうっと明るくなった。すんなりと通った鼻梁《びりょう》だった。顎《あご》の線にはまだ稚《おさな》いものさえ残っている。

「あなた、お金を使いすぎるわ」

女はまだそれにこだわっていた。

「お金は倹約しなくちゃ駄目だわ」

男は煙草の烟《けむり》を吐いた。無言だったが、それが彼の答えだった。唇を少し曲げての冷笑だった。

マユミは運転手の背中越しに前方を見つめている。好きな男の手を握っていたが、その眼が何かに気づいて、小さく、あっと言った。

恰度、車は両側に高いビルの建っている街を走っていた。ヘッドライトの流れる表通りではなく、マユミの視線が止まったのは、そのビルの角の暗い奥に集っている人影だった。運転手も、横の山中も、つづいてそれに気づいたらしく、

「何だい？」

とスピードを少し落した運転手に山中は訊いた。

運転手も顔だけ暗がりの方へねじ向けて、

「さあ？」

と見定めるようになおも徐行に落す。

「交通事故かな？」

「そうじゃないでしょう」

運転手は答えた。

「君、ちょっとストップしてくれないか」

山中は車から降りてわざわざ見にゆくつもりらしい。

「怕《こわ》いわ。お止しなさいよ」

マユミが止めた。

「まさか喧嘩《けんか》でもなかろう。ちょっと、そのはしに車を着けてくれ」

山中一郎は、車の中のマユミの視線を背中に受けながら、人だかりがしているほ

うへ歩いた。外に出ると、風の冷たさが顔にくる。

集っているのは十人ぐらいだった。山中はビルの横手になっているその場所まで近づき、人びとの背中から輪の中の正体をのぞきこんだ。

黒いオーバーを着た一人の男が、俯伏《うつぶ》せた恰好《かっこう》でビルの壁ぎわに寝ている。下は一メートル幅のコンクリートになっていた。

「酔っ払いですか？」

山中は横の勤め人ふうの男に訊いた。

「いや、そうじゃないらしいんです。どうも、死んでるらしいんですがね」

「死んでる？」

高い声が出た。

「今に巡査が来ます。さっき、誰かが一一〇番にかけていましたから」

山中は、仆《たお》れた男の姿を外灯の明りに透《す》かすように、見下ろしていた。

2

山中一郎はいつの間にか人の環の前に出て、死体……多分、死体に違いないが、その動かない寝姿をじっと見下ろしていた。

周囲の連中は気味悪そうに首を伸ばしたり、隣の男と話したり、位置を変えて横からのぞいたり、要するに、始終ガヤガヤしていたが、山中一郎という青年だけはまるで医者のような眼を横たわっている男から放さなかった。

うすい灯の明りが、それでも俯伏せになっている男の横顔にいくらか当っていた。山中はその男の傍にしゃがみ込み、地面についた横顔をためつすがめつ窺《うかが》っていた。

「もしもし」

とうしろで注意する者がいた。

「あんた、あんまり近づくと、お巡りさんに叱られますよ」

それでも、青年の身体はその傍から離れなかった。

寝ている男は、髪をかなり長く伸ばしていた。一度どこかで転んだらしく、髪は泥塗《どろまみ》れになっている。オーバーも、肘《ひじ》や背中が泥で汚れている。年齢三十七、八歳くらい、帽子は無い。靴は片方が裏を見せているが、踵《かかと》はすり減っていた。よく街を歩く商売かもしれない。たとえば、保険の外交、集金人、セールスマンといったところか。

それとも、郊外に住んでいて、駅が遠く、歩く距離が長くて、靴は減ったが容易に修繕まで手が届かないといった安サラリーマンかもしれない。

オーバーの生地もこの推定を裏づけるように、古くて安い物だった。俯伏せになっているからネクタイの模様など分らないが、オーバーの裾からハミ出ている黒っぽいズボンは、しばらくアイロンを当てた様子もなく、筒袋のようにふくれていた。肘を折り曲げている。その肩の間から僅《わず》かにのぞいている口は、まるで欠伸《あくび》をしているように開かれていた。

うしろでサイレンが聞えた。

「救急車だ」

と群衆の一人が言った。人数は青年が来たときよりも倍にふえていた。

白い車と、警視庁の白線のあるパトカーとが並んでビルの角に停《とま》った。巡査と、白い上《うわ》っ張《ぱ》りを着た医員とがばらばらと駆けつけて来た。あとから担架を持った者が来る。

「さあ、皆さん、どいて下さい」

巡査を交えて八人だったが、その中に刑事と思われる私服が三人いる。

巡査が逸早《いちはや》く群衆を押し除《の》けた。青年はすでに起ち上っていて、押し除けられる組の中に入っていた。野次馬の環は完全に取払われ、ビルとビルとの間に縄が張られた。先ほど屈み込んでいた私服が死体だと確認したのだろう、急病人として救急車に運ばれるのではなく、事故現場の保存処置になっていた。

警官の持っている懐中電灯が幾つも動いていたが、死体の顔、脚、オーバーの背中といったところに円《まる》い灯が固定していた。

「なんだ、殺しか」

と群衆の中の一人が言った。あとから駆けつけた者らしい。

「いや、行き倒れだろう」

と一人が答えた。

「血が流れていない。殺人ではあるまい」

「血が流れていなくても人殺しはある。絞殺《こうさつ》、扼殺《やくさつ》。刃物がなくても人が殺せる」

「自殺者だろうか？　薬でも飲んでるのかもしれない」

「いつからここに死んでるんだね？」

「さあ、三十分ぐらい前からだろう」

無責任な囁きがしきりと交《かわ》されていたが、青年はこのとき人混みを分けて群衆のうしろに出ていた。

彼はポケットに両手を入れ、俯向き加減に待たせてあるタクシーに戻った。

車の窓には女が顔を押しつけていたが、男の姿を見つけると、ガラスを下ろし、手を出して招くようにした。

「早く早く」

ドアが女の手で内側から開かれた。男は入る前に煙草を口にくわえ、ライターを鳴らした。それから女の横にゆっくりと腰を下ろした。

「お待ちどおさま」

と言ったのは運転手にだった。

「すぐにやって下さい」

運転手はアクセルを踏むと、

「ダンナ、事件ですか？」

と背中を向けたまま訊いた。

「ああ、人殺しらしいね」

三十分ののち、山中一郎という青年はマユミと一しょに連れ込み旅館の部屋に入っていた。

青年はネクタイを解《と》いて、シャツの首ボタンを一つはずしていた。先ほど女中が運んだ茶を一気に飲み干《ほ》して、

「咽喉《のど》が渇《かわ》いたな」

と酔いが醒《さ》めてきたことを言った。

「怕かったわ」

マユミはまだそのままの支度でいた。男の横に横坐りし、上体の重味を男の膝《ひざ》にかけていた。ワンピースの裾から安心した女の脚が投げ出されている。すんなりとしたかたちの脚に一筋ストッキングの細い線が走っている。足指はうすい膜を被《かぶ》ったように靴下の先に可愛く包まれて透いていた。

「何が怕かったんだ?」

男は、女の頸《くび》に回した手で一方の手の袖《そで》ボタンをはずしていた。

バーの暗い中ではよく分らなかったが、この部屋の照明の中では青年の顔がかなり整っていることが分った。髪は普通に分けているが、いくらか縮み加減になっている。額が広く、眉が濃かった。恰好のいい鼻がすんなりと高い。その下に締った唇があったが、顎の線をきれいに見るにはその横顔がいい。

色が白かった。

眼も女のように睫毛《まつげ》が長かったが、唇はうすく、口紅を塗ったように赤かった。

「だって殺人でしょ？」

女は男の横顔をすくい上げるように見た。

怕いと言っているのに、女の眼は熱っぽかった。

「さあ、殺しかどうか分らないが、とにかく、一人の人間が死んでることには間違いないね。普通の死に方ではない。変死には間違いないからね」

「あなた、その死体をよく見ていたの？」

「ああ、近くに寄ってね、穴のあくほどその顔を見ていた」

「気味が悪いわ」

「三十五、六ぐらいの人だった。人間、死んでしまえばのんきなものさ。長々と手脚を伸ばしていたよ。かえって、それを運ぶ人間のほうがひどい目に遭《あ》っている。当人は太平楽だ」

「よくそんなの平気で見るのね？」

「平気じゃないが、怕くはない」

「やっぱり男だわ。でも、物好きね」

「そうかもしれないね。あそこに十分ぐらいかがんでいたんだから」

「わたし、タクシーの中で待ちくたびれていたわ。車を降りてあなたを呼びに行くのも怕い気がして、はらはらしていたの」

「はらはらすることはない。死んだ人間は他人だ」

「でも、どうしたんでしょう？　その人、もし、殺されたとしたら、何かの恨みからでしょうか？」

男は黙っていた。それから女の頸を抱え込むと、片手で女の背中のチャックを摘《つ》まみ、静かに下におろしはじめた。

女はびくっと身体を動かし、男の膝の中に顔を突伏した。

青年の指はかすかにチャックを鳴らせて最後までずり下げた。女の背中が二つに割れ、むき出した肩と、白いスリップとがひろがった裂け目から出た。

青年は、何を考えたのか、その露《あら》われたばかりの背中の皮膚に人差指ですうっと一筋横に引いた。

女は擽《くすぐ》ったそうに肩を一つ震《ふる》わせた。

「おい、ぼくが今から何を書くか当ててごらん。いいかい」

青年は女の耳にそう言うと、もう一度やり直しのように指で一本線を横に引いた。

「擽ったいか？」

女は俯向いたまま含み笑いをした。

「いいかい？　さあ、横に一本線を引いたね。今度はこれだ」

青年は、今度はその横線の上に縦に短く四つの線を入れた。

「分ったかい？」

女は考えていたが、

「それ、文字なのね？」

と訊いた。

「そうかもしれない。さあ、いいかい？　もう一度書くよ」

男の指は、女の弾みのある背中に動いた。指でなぞった所だけ、瞬間、皮膚が白くなり、それを浮き出すように地肌に血色が射した。

「分んないわ。鉄道の線路の記号のようでもあるし……」

「線路か」

「ほら、よく地図に書いてあるでしょ。電車の軌道みたいな、百足《むかで》のような線よ」

「君はカンがいいな」

「そう？　よく分んないけど」

「軌道のしるしはよかったな」

青年は笑い声を立てた。それから静かに女の剝《む》かれた背中をずり上げると、腋下《わき》に手をさし込み、その耳もとにささやいた。

「今夜は泊れないよ。急に用事を思い出したからね。一時間でここを出よう」


山中一郎は自分の方角に戻った。途中マユミを降ろして別な車で帰らせている。アパートは大森のほうにあった。近くに大きな工場があって、夜通し夜間作業の音が聞えてくる。

安アパートだった。階段のコンクリートが剝げている。大雨が降ると、天井に水が広がる。

六畳一間の狭い部屋だ。洋服ダンスがこの部屋に目立つ唯一の調度だ。それさえ古い。本や雑誌が机の上にぞんざいに積まれていた。山中一郎は上衣をハンガーにかけた。ネクタイを解くついでに鏡に自分の顔を写した。頰やこめかみに指を当て、マッサージをするように自分で揉《も》んだ。

床《とこ》が敷き放しにされてある。独身の男の匂いのこもっている古蒲団《ふるぶとん》だ。

彼は時計を見た。午前一時だった。

ズボンを脱ぐでもなく、彼はそのまま蒲団の上に仰向《あおむ》けに倒れた。枕に頭をつけて手足を大きく伸ばした。それから枕もとの灰皿をひきよせ煙草を喫《す》った。考えるように天井に眼を向けて煙を吐いていると、灰が頬から耳に落ちた。

山中一郎は、一本を完全に喫い終った。首筋とワイシャツの衿《えり》が灰だらけになった。そんなことが気にならないくらい、彼は思案を続けているのだった。

突然、短かくなった煙草を灰皿にもみ消すと、むっくりと起き上った。時計を見た。一時二十分。

ハンカチを出して首についた灰を払うと、またネクタイをしめはじめた。上衣を取った。靴を履《は》いて部屋の外に出ると、廊下からドアを閉め鍵をかけた。

廊下にはうす暗い電灯が一つ点《つ》いている。彼はオーバーのポケットに両手を入れると、きしむ階段を下りた。どの部屋の内も電灯が消えている。誰とも行き合わなかった。

表へ出た。寒い風が吹いている。彼は道ばたに立って流しのタクシーを待った。三、四台は実車だった。

ようやく空車がくると、彼の前で停った。

「高円寺《こうえんじ》だがね。行ってくれないか？」

運転手は顔をしかめた。

「旦那、もうキロがありませんよ。今から品川の車庫に帰るところです。勘弁して下さい」

そのタクシーが過ぎると、あとのタクシーも同じことを言って逃げた。ようやく三台目を停めた。これは料金を二割増してやるという約束で、やっと乗せてもらった。

タクシーは、車ばかりやたらに流れている広い道路を走った。洗足池《せんぞく》の森が黒く見えた。

やがて五反田《ごたんだ》から目黒《めぐろ》の坂を登り、道玄坂《どうげん》上の環状線に沿った。

運転手は座席に黙り込んでいる若い客が少々気味悪そうだった。

「旦那」

と運転手は話しかけた。

「高円寺はどの辺ですか？」

「松《まつ》ノ木《き》町だ」

運転手は安心した。あそこなら人家の密集した町だ。暗い邸町《やしきまち》を指定されたら困るところだった。時刻が時刻だったし、客の持つ雰囲気は決して明るいものではなかった。

松ノ木町の狭い道路にかかった。昼間だとバス、タクシー、トラックの通行で身動きならぬ場所だが、真夜中の道は無人の野を行くようだった。

「そこでいい。その次の角だ」

山中一郎はストップを命じた。

「ご苦労だったね」

運転手に料金を払って鷹揚《おうよう》に言った。運転手は日報を取り出して鉛筆で記《つ》けていたが、客の後ろ姿がポストの角に大股でまがるのをちらりと見た。山中一郎はその狭い道を二十メートルくらい歩いた。

右側にやや大きな家がある。表は万年塀《べい》で囲ってある。屋根の高い二階家だった。灯は玄関に一つ点いているだけだ。彼はそこから家を見上げるとブザーを押した。

五分間くらい外に待たされた。洋風のドアにのぞき穴が付いている。それにカーテンが塞がっていたが、内側の灯で明るくなった。

カーテンがはぐられて人の眼が覗《のぞ》いた。

玄関の外灯で外の顔が判別できたらしく、小さく錠《じょう》を外す音が聞えて、ドアが細目に開いた。

「こりゃア、山中さん。えらく遅いですな」

パジャマをきた男が、ドアの縦半分に姿を出した。

「こんな時間にきて迷惑だとは思ったが」

パジャマの男は低声《こごえ》で訊いた。

「ほかには？」

「誰もいない」

「どうぞ……」

男は山中一郎を玄関の内に入れると、扉を閉めて錠を入念に挿《さ》した。

その間に青年は靴を脱いだ。

「二階に行きましょう」

パジャマは、この家の主人らしく、四十二、三の背の高い痩《や》せた男だ。鼻の下に短かい髭《ひげ》が生えている。

「何かありましたか？」

と四十男は訊いた。

「ああ、ちょっとね」

若い客のほうがいくらかぞんざいな口調だった。

「そうですか」

主人の髭男はうなずいた。

「家の者はみんな寝ています。先に上っていて下さい。ウィスキー瓶《びん》でもさげてすぐ行きます」

3

短い口髭のこの家の主人は、若い客の前にウィスキーをすすめ、別のコップには冷蔵庫の氷を入れた水を注いだ。

「何か変ったことでもあったのですか？」

主人はグラスを挙げたあとで訊く。

「島田玄一が死んだよ」

山中一郎はオーバーのままで座蒲団の上に坐っていた。二階の八畳の間で、わりときれいな部屋だった。

「何ですって？」

主人は口まで持って行きかけたグラスを黒塗りの応接台に戻し、山中の顔を呆然《ぼうぜん》と見て、

「島田がですか?」

と眼を剝いている。

「そうだ。たった今、死体を見てきたよ」

若い山中は相変らずぞんざいな口を利き、グラスを一気に呷《あお》った。

「どこで?」

主人は瞬《またた》きもしない。

「田村町のビル街だ。AビルとB物産ビルとの間に仆《たお》れていた……ぼくが車で偶然通っていると、人だかりがしているので、降りてみたのだ。男が俯向きに仆れていたのだが、どうも見たことのあるような姿恰好だったので、わざわざ前に出て顔をのぞいた。それが島田だったんだ」

主人は声も出ない表情だった。山中がコップの冷たい水を飲むのをしばらく黙って見つめていたが、

「……殺されたんでしょうか?」

と咽喉に引っかかったような声を出した。

「分らない。行き仆れのような恰好だったからね」

山中は説明した。

「血も流れていないし、格闘した形跡もなかった。恰度《ちょうど》、通行人の知らせで警視庁の車が来たから、こっちは逃げ出したがね」

「すると、その死体が発見されてから、あまり時間が経ってなかったのですね？」

「そういうことだな。通行人が一一〇番に電話した時間、警視庁から車がくる時間などから考えて、ぼくが見たのは発見後四十分ぐらいじゃないかな」

「もし、殺されたとしたら」

と主人は、山中の眼を見つめた。

「誰が島田を殺《や》ったんでしょうね？」

「飯田君」

と初めて山中はこの家の主人の名前を呼んだ。

「ぼくは君ならその辺の想像がつくと思って、こんな時間にここまでやって来たんだが」

「冗談じゃありませんよ。ぼくなんかに分るわけはない」

飯田と呼ばれた口髭の男は自分のグラスに手を出して、

「しかし……あいつが殺されたのですかなア」

と感慨深そうに呟く。

「いや、まだ殺されたとは決っていないがね」

「殺されたに違いありませんよ。金輪際《こんりんざい》、自殺するような男じゃないから」

飯田は断言して、

「そういえば、あいつ、ここんところ姿を見せないと思いましたよ。もう、二か月ぐらい会ってませんな」

「ぼくもそれくらいだ。何をしているかと思っていた矢先にこれだ……そうか、君のほうで全然心当たりがないのか？」

と山中もウィスキーをのんでいる。

「つきませんよ。島田は、案外、深い所へ入り込んでいたんじゃないですかね。殺されたところをみると、どうも、そんな気がしますね」

「君は島田からどれぐらい取られたんだ？」

山中が訊いた。飯田は自分の顔を撫《な》でて、

「そうですな……全部で七、八万円くらいでしょうか。三度ぐらいに分けてやられたと思いますよ」

「案外、被害は少なかったんだな。ぼくはもっと多いかと思った」

「とんでもない。あんな奴にそうおどかされては堪《たま》りません……山中さんはどれくらいです？」

「ぼくは少ないよ。サラリーマンだからな。君の半分というところだ」

「そうですか」

飯田は若い山中の顔をじろりと見て、

「しかし、山中さん。島田玄一が死んだとなると、これからはちょっと安心ですね。どうも、あいつの顔つきが嫌《いや》でしたからね」

「さあ、どうかな」

山中はグラスを煙草に変えて、天井に向けて烟《けむり》を吐いた。

「あれで警視庁の捜査がはじまれば、その線から変な綻《ほころ》びが出んとも限らないからね。その点が気懸《きがか》りだ」

「なに、それは大丈夫でしょう……あ、捜査といえば、今度の査察はいつになりますか？」

飯田は山中の屈託《くったく》げな横顔に訊いた。

「そうだな……あと十日ぐらいだから、多分、二十七、八日になるだろう。正確なことはその前に知らせるよ」

「そうですか。お願いします。……山中さん、もう、三時近くですよ。今夜はうちに泊ってらっしゃい」

被害者は、島田玄一という四十一歳の男であった。

港区B町××番地の現場で死体が発見されたのは二月十七日午後十時ごろで、最初に通報したのは通行人だった。警視庁から捜査一課の係官が到着してみると、すでにかなりな野次馬が集っていた。死体は、恰度、酒に酔って倒れたように、ビルの横手に俯伏せになって横たわっていた。桑木という古い刑事が俯伏せの顔に近づいてみると、微《かす》かにラッキョウのような臭いがする。青酸加里だな、と刑事はすぐに思った。

二時間ののち、死体は監察医務院に運ばれて解剖されたが、死因は、桑木刑事が思った通り、青酸加里だった。死亡時間は、解剖時より推定五、六時間前だから、大体、二月十七日午後六時から七時の間と推定された。

胃袋からは未消化の中華そばが出てきた。それで本人は夕食後まもなく死亡したことが推察された。六時から七時の間という推定死亡時刻とも胃袋は大体符合する。なお、中華そばは高級なものではなく、どの町でも売っているような安物だった。材料はあまりいいものを使っていない。

死体の身許《みもと》はすぐに判った。本人の名刺が出てきたのだが、「島田玄一」という名前の横に、小さく或る都政新聞の名前が刷り込まれてあった。しかし、これは万年筆で筋を引いて抹消してある。つまり、本人は最近までその肩書の所に勤めていたのだが、今は辞《や》めているという状態を示しているのだ。遺書はない。内ポケットの安物の財布からは、現金が八千五百円出てきた。

名刺に刷られた自宅の住所は、杉並区方南町××番地になっている。すぐに交番から連絡させて、家族を警視庁に呼び寄せた。

三十七、八くらいの、瘦《や》せた、顔色のよくない、眼の釣り上った感じの女が慌《あわ》てて出頭したが、これが被害者島田玄一の妻トミ子であった。

「主人は、今朝十時ごろに家を出かけました。いつも行先は何も言わない性分ですから、どこに行ったか、わたくしには分りません。自殺するような心当りはありません。また殺されるほど他人《ひと》に恨まれるというようなことはなかったと思います」

係の捜査員の前で、妻女はそう申し立てた。

殺されるほど他人《ひと》に恨まれていない――という言葉は、多少は他人の怨恨《えんこん》を買っている点もあるようにも聞える。係官はそれを質問した。

「それはまるきりないではございません」

妻女は眼を伏せて言った。

「主人は、三か月ぐらい前まで、或る小さな都政新聞の記者をしておりました。その新聞社には約三年ほど勤めていましたが、その前は普通の新聞社の記者をしておりました。けれども、そこで争議を起した責任を問われて馘首《くび》になったのでございます。都政新聞記者時代は、仕事の性質上、多少、他人《ひと》の悪口を書いたり、暴露ものを記事にしたりしていましたから、そういう点で他人からあまりよく思われなかったこともあると思います。……けれども、殺されるほど怨恨を買ってるとは思えません」

「ご主人の収入は、どれくらいでしたか?」

「新聞社では、月給が十五万円で、それに手当が少し付いて、平均十六、七万円くらいだったと思います」

「都政新聞を辞めた理由は、何ですか?」

「いつまでもこういうことをしていてもつまらないし、もっとまともな職業に就きたいと言っていました。そんなことで勤めも身が入らず、上の人のご機嫌を損じたらしく、衝突して身を退《ひ》いたのでございます」

「新聞社を辞めてから何をしていましたか?」

ここで妻女の答弁は少し詰ったようだった。が、結局、こんなふうに答えた。

「本当のところは、わたくしにもよく分りません。なんですか、ブローカーのようなことをしていたように思います」

「ブローカーというと、たとえば？」

「はい、わたくしには土地の周旋をやっていると言っていました。自分の知人に不動産屋があるので、その手伝いをしているが、なかなか面白い商売だ、と言っていました。それで朝早く出て、夜の帰りは遅かったり早かったりまちまちでした。随分、ほうぼうを飛び歩いていたようです」

刑事は、それで被害者の靴の踵がひどく減っていた理由が分ったと思った。

「土地周旋の仕事をはじめられてからの収入は、どれくらいでしたか？」

係官は質問をつづけた。

「はい、それはなかなか一定しておりませんでした。わたくしには月々二十万円ぐらい出してくれました」

被害者の妻女トミ子はそう答えた。

「ほう。すると、新聞社におられたときよりも収入がふえたわけですね？」

「はい。実はもっと実収があったように思いますが、土地の周旋というのは、ほうぼうをとび回ったり、他人にご馳走したり、なかなか金がかかると言ってこぼしていました。その仕事をはじめて三か月の間、三十万円から四十万円の間ではなかったかと思います」

「すると収入が新聞社時代よりずっとよくなったわけですね。ご主人が手伝っていたという不動産屋は、何という人ですか?」

「山本という名前だけ聞かされています。なんでも、大森のほうにお店があると申していました」

刑事は、その通りの名前を手帳に控えた。

「あなたは、その山本さんという人に会ったことがありますか?」

「いいえ、一度もありません。主人は旧《ふる》い友達だと言っていましたが、どういう関係か、わたくしにははっきり分っていません」

「大森のどの辺に店があるか、知っていますか?」

「駅からそう遠くない所だと言っていました。でも、わたくしは一度も行ったことがありません。主人はわたくしに、いよいよ周旋屋に転向する肚《はら》を決めて、名刺も作り変えるのだ、とは言っていましたが」

「ご主人は、青酸加里という薬物をお持ちでしたか?」

「いいえ、そんなものは持っていません」

「ご主人は、中華そばをお好きでしたか？」

妻女は、ちょっとここで考えていたが、

「それほど好きだとは思えません」

「家庭でそういうものを取り寄せて食べるということはありましたか？」

「それは一度もありません。外に出て食べるということはあるかもしれませんが」

次に、捜査班は、被害者の島田玄一が勤めていた都政新聞の責任者に会っている。

「島田君は、なかなかの腕前でしたよ」

と、都庁の建物の一室を借りている或る都政新聞の責任者は言った。

「うちとしては惜しい人材でした。しかし、素行の点でどうもうまくないことがあって、三か月前に辞めてもらいました」

「素行の点というと、どういうことですか？」

「これはあまり言いたくないことですが」

と責任者は渋りながら答えた。

「とかくこういう仕事をしていると、他人のスキャンダルといいますか、欠点がよく分ります。われわれとしては、それが公的な場合は、紙面で遠慮なく攻撃するのですが、個人的な問題となると、なるべく伏せるようにしています。けれども、この公的と私的な面とは互いに絡《から》み合っている場合が多く、その点、なかなか判断に迷うところです。ところが、島田君は、社に記事を出さないで内密に済ませたものが二、三件ありました」

「ははあ。すると恐喝《きょうかつ》ということになりますか？」

「まあ、そういったところです。われわれはそういう行為は厳に戒めているものですから、島田君は惜しい人物でしたが、残念ながら辞めてもらうことにしたんです」

「その恐喝の一件は、どういうことですか？」

「それはちょっとお答えしかねます」

都政新聞の責任者は決然とした表情を見せた。

「他人の名誉に関係することだし、それが島田君の死因に直接の関係を持つとは思われません。もし、あなたのほうでどうしてもお知りになりたいなら、独自でお調べになったほうがいいと思います。われわれとしては、仕事上知り得た他人の秘密は外部に出さないことになっていますから……捜査に協力しないというのではなく、新聞社としてのそういう仁義がありますから、ご了承下さい」

これでやや島田玄一という男の殺された原因らしい輪郭が分ってきた。

問題はもう一つあった。

それは、島田玄一が殺されていたときの状態である。港区B町××番地のビル横は、二月十七日の午後十時ごろというと暗い場所だが、通行人はかなりあった。むろん、都心のビル街である。島田がそこで薬を飲まされたとは絶対に考えられない。すでに死体となって現場に運ばれたことは解剖の結果でも確定的だから、誰かがその運搬を目撃しているはずだった。

捜査本部では、死体の発見された二月十七日午後十時以前を中心に附近の聞き込みに回ったが、有力な手がかりは得られなかった。その時刻、その辺をうろついていた被害者らしい人間を見かけたという者もなかったし、また附近に車を停めて人間を降ろしていたという聞き込みも得られなかった。

4

死体は、二月十七日午後十時ごろ、通行人によって発見されている。このとき死後三時間乃至《ないし》四時間を経過しているのだから、発見現場で死亡したのでないことははっきりしている。島田玄一はどこかで青酸加里を飲まされて、ここに運ばれて来たのだ。

　彼が青酸加里を自分で飲んだとは考えられない。なぜなら、彼の死体がこんな場所に遺棄《いき》されたという結果から推定して、それは必ず他殺でなければならぬ。

　解剖して胃袋の中から未消化の中華そばが出てきているから、青酸加里で毒殺されたのは、多分、その夕食が済んで間もないころであろう。

　警察当局は、次のような推定を立てた。

　被害者はどこかの中華料理店（それも大衆食堂みたいな所）で中華そばを食べ、その店を出て誰かの家に行った。この場合、彼は一人でその中華料理店に入っていたかどうかだ。もし、伴《つ》れがあったとすると、その人間が犯人であろうという疑いも起る。

　しかし、青酸加里は極めて強い速効性をもっているので、料理店で呑まされたら、その場で仆れる場合がある。多分、現場は、その店を出て次の場所に向ってからであろうと思われる。

　被害者の島田玄一は、都政新聞を辞めてからかなりな収入を得ていた。彼は妻女に、知り合いの者が大森で不動産屋をやっているので、その手伝いをしている、と述べているが、これは大へん怪しい。

なるほど、四十万円前後の収入が不動産周旋によって得られるのは、そう不自然ではないが、大森附近に彼の言う「山本」という不動産業者はなかった。島田玄一が妻女に体裁のいいことを言ったのではないかと思われる。山本という姓も非常にありふれたものだ。

では、彼がいかなる仕事に携《たずさ》わってそれだけの収入を得ていたかが問題だ。島田玄一が都政新聞社を辞めたのは、直接には恐喝を働いたという理由だ。このことについては、新聞社のほうでは他人の迷惑にかかわると言って供述を拒絶している。

不良新聞記者が、その取材上で得た情報で対手《あいて》の弱点につけ入って金を取ることはままあるケースだ。

都政新聞は主として東京都庁内職員間に配布されている新聞で、当然、都政や都の行政面を取材する。

ところが、都庁という所は、前から噂《うわさ》されている通り、かなり問題的な性格をもっている。マンモス都市の行政機関だけに、利権をめぐる汚職の噂もしばしば流れている。ここに都政新聞記者の眼が光る所以《ゆえん》だ。現に二、三年前には大がかりな都政新聞記者不正事件の摘発があった。

そもそも、東京都庁内で発行されているいわゆる都政新聞は夥《おびただ》しい種類に上るが、そのほとんどは各部課に無料で配布されている。

もちろん、タダで新聞を出すほど慈善的な事業ではないから、ちゃんと新聞代は貰《もら》っているのだ。新聞代といっても、一般市民が家庭に来る集金人に支払っているようなものと違って、ほとんど都《と》の金で支払われている。名目上は部課長の交際費からということになっているが、この都政新聞の購読費が都予算のかなりなパーセンテージを占めていることでも分る通り、一種の業界紙の性格を帯びている。表向きには、都行政の明朗化と、都民への広報を趣旨としているのだが、一般都民に配布されていないところをみると、このうたい文句は怪しい。

都政新聞の中には、勿論《もちろん》真面目な新聞もある。同時に寄生虫的な存在の新聞もある。数年前までは、都政新聞は都庁の一室を借り、電話を引かせて業務をやっていたが、この部屋代も電話料も全部タダであった。それがこの前の事件で問題となって、現在では都庁の建物から出ているが、それでもいろいろな理由を設けて、まだ残っているものもある。

新聞は、その取材先に記者クラブを持っている。普通の新聞社では大きな所が集って、たとえば、七社会というクラブ組織があり、また、それに所属しない所も別な会を組織している。

これに似たようなクラブ組織が都政新聞社の間にもある。

島田玄一がいたのは、その都政新聞の中でもわりと真面目な「東明新聞」だった。

このように、都政新聞の性格は複雑多岐であるため、なかには都庁の職員の不正行為を嗅《か》ぎつけたり、また、利権問題に介入して小遣銭を稼《かせ》いだりする記者もいる。

島田玄一が東明新聞社を馘首《かくしゅ》された理由の恐喝も、そういう意味でそれほど特別に珍しいことではなかった。

問題は、島田がどのような恐喝行為を働き、それが今度の殺人事件に果《はた》して直接関係しているかどうかであった。


桑木刑事は、港区B町××番地のビル街の聞き込みに回っている一人だった。聞き込みとしては大へん地の利の悪い所だ。東京のド真ン中で地の利が悪いというのは不思議だが、あたりはビルが並んでいるために商店が一軒もなかった。大ていのビルは、午後五時を過ぎると鉄扉《てっぴ》を下ろしてしまう。完全に内部と外部は遮断《しゃだん》される。たとえ残業の者が建物の中にいても、あの通用口というやつは内部の者が帰るときだけに設けられてあるので、ほとんど交通の用をなさない。

殊に被害者が発見されたのは午後十時というビル街にとっては「深夜」なのだ。現にその死体の発見者が通行人であることでも分る通り、附近の住民は無に等しい。

それでも、多少、聞き込みの対手がないでもなかった。

それは、各ビルには大てい警備員を置き、建物の内外を見回らせ、火災、盗難の警戒に当らせている。ビルによっては時間を定めてパトロールしている。

桑木刑事は、被害者が仆れていたビルはむろんのこと、附近のビルの当夜の警備員について聞いて回った。問題は、何時ごろから死体が遺棄されていたかという点だ。そこはビルの谷間になっているので、通行人もめったにないし、暗いから、死体も発見時よりかなり長時間前から遺棄されていたとも考えられるのである。

果して、どのビルの警備員たちもみんな「気づかなかった」と証言した。

だが、死体はひとりでここに歩いて来たのではない。運搬は自動車が最も至当と考えられる。この場合、タクシーやハイヤーはさして問題にするに当らないだろう。なぜなら、死体を抱えてそんな営業車に乗る犯人はいないからである。

どうしても自家用車ということになりそうだ。

しかし、桑木刑事が聞いて回ったのは、
①現場に自動車が停っていなかったか。②目撃しなくとも自動車が停る音を聞か

なかったか。聞いたとすれば、それは何時ごろか。③外人用の車をその時刻に見かけなかったか。——の三つだった。

このうち、最初の二つの項は分るが、③については少々説明を要する。

この事件に警視庁では新聞記者には発表しなかったが、一つだけ或る手がかりを握っていたのである。

近ごろ、警視庁の対マスコミ策も巧妙になってきて、これまでは新聞記者の取材活動がしばしば捜査を混乱させ、犯人逮捕を邪魔していたが、最近ではかえって新聞報道を利用するようになっている。

捜査当局はデータの全部を新聞記者には公開はしない。切札みたいなものをわざと匿《かく》して持っている。

島田玄一の死体の上衣のポケットから出てきた小さな紙片のこともそれだった。新聞社は知らないことだ。

その紙片は、紙のはしを破ったものだが、それには卌という記号みたいなものが書かれてあった。ちょっと見ると、「卌」の漢字に似ている。

しかし、仔細《しさい》に見ると、それは「卌」の漢字を慌《あわただ》しく書いたものでもなければ、略したものでもなかった。書き方もかなり丁寧《ていねい》だったので、明らかに文字とは映らない。

　この記号みたいなものが島田玄一の死と直接に関係があるかどうかは分らないが、とにかく、重要な参考になると判断された。

　というのは、捜査会議の席上でこれが問題になったとき、

「ああ、その記号なら、外人がよく使いますね」

　と一人の刑事が言い出したからである。

　その刑事は、日本にまだアメリカの兵隊が多勢いたころ、進駐軍関係の仕事を受持っていた履歴があるのだ。

「ほう、どういうふうに使うんだね？」

　捜査主任が言った。

「ものを数えるときに、アメリカの人はよくこの卌の記号を使います。ほら、日本人はものを数えるとき、五の数の区切りに〝正〟という字を書きますね。〝正〟が三つ並んだら十五というふうに」

「うむ」

「それをアメリカ人はこの記号のように卌と書くんです。つまり、一から四が縦の||||で最後の五番目を横に引いて、日本人の〝正〟の字と同じ意味になるんです」

この意見はかなり重要視された。

もしかすると、島田玄一の殺害事件には日本人以外の者が関連しているか、或いは国際的な犯罪に関連があるのかと思わせた。何のために五を意味する記号が彼の上衣のポケットに入れられていたかは分らない。

この記号が島田玄一自身が書いたものやら、また、他人の書いたものを彼がポケットに入れていたものか、その辺のところも不明である。文字ならば筆蹟《ひっせき》鑑定ということがあるが、記号ではそれも役に立たないのである。

その記号が本モノだったら、この犯罪には何か「数字」が関係しているのだろうか。

桑木刑事が、ビル街の現場で午後十時前に外国人の車を見かけなかったかという聞き込みをしたのは、実は以上の理由からである。

だが、この聞き込みは完全に徒労だった。

ただ一つ、死体発見の通行人が一ばん役に立ちそうだった。なぜなら、その人は死体を発見する前に現場附近を通りかかっていたのだから、少しおかしな現象があれば、彼の眼にも触《ふ》れているわけだ。

死体発見者は、東京都練馬区桜台の黒田友二（三十一歳）という「会社員」だった。

桑木刑事は、この黒田という人にも自宅に行って訊《き》いてみたが、

「いいえ、当時、表通りには車がたくさん通っていましたが、あの路次に停っていた車はありませんでした」

と答えた。

「停っていなくても、そこを通過していた車もないですか?」

「見ませんでしたね」

と彼は言った。いかにも丈夫そうな身体《からだ》の人だった。

「ぼくがあそこを通りかかったのは、S町に行く近道だからです。ぼくが通るときも、ほかの通行者はありませんでしたね。ふと、横を見ると、酔っ払いみたいなのが仆れているので、ぼくは近づいて、もしもし、と言ったんです。手に障《さわ》ってみると、氷のように冷たいので、びっくりして警視庁に知らせようと思い、その辺の赤電話を探したのですが、ああいう場所ですから、それは見当りません。どこに電話ボックスがあるのかも見当がつかないので、表通りを通りかかった人に協力を頼んだんです。そんなことから、その騒ぎを見つけて、あとからだんだんに通行人が集って来たんです。あれがもっと人通りの多い所でしたら、野次馬がたかって来て仕

方がなかったでしょうね」

「その野次馬の中で」

　と桑木は少し考えた末に言った。

「ちょっと変った動作をした人はいませんでしたか？　いや、パトカーが来る前にですよ」

「そうですね」

　黒田という人は考えた。

「そういえば、われわれがそこにいるとき、一人の人がうしろから死体の前に出てきたようです。どうやら、その人は、人だかりがしているので様子を見にあとから来たという恰好でしたがね」

「前に出て死体をいじったのですか？」

　桑木は訊いた。

「いやいじるところまではいきませんが、非常に近い所にしゃがみ込んで、死体の顔をのぞくようにしていましたね。誰かが、そんなことをするとお巡りさんに叱られますよ、と注意していたくらいです」

「ほう。それは物好きにそうしたんでしょうかね？　少し酔っ払ってはいなかったですか？」

「いや、そんなふうにも見えませんでしたが」

と黒田はそのときの場面を思い出すようにして言った。

「やっぱり、あれは物好きだったんでしょうか。それに人だかりがして、みんな半分は気味悪そうにしてるものですから、そういう場合よく突飛《とっぴ》な人間が出てくるでしょう。何と言いますか、皆が遠巻きにして眺めているのに、おれだけはちっとも怕くはないぞといった英雄的な心理でしょうね」

「なるほど」

「まあ、オッチョコチョイでしょう。やっぱり気味が悪かったのか、そのまま止めて、すっと起って出て行きましたよ」

「それはいくつぐらいの年齢ですか？」

「そうですね、なにしろ、暗いのでよく分りませんでしたが、まだ若かったようですよ。二十五、六といったところでしょうか。ちょっと優型《やさがた》の人間でした。服装はサラリーマンみたいでしたがね……」

「ちょっと」

と桑木は質問を挿《はさ》んだ。

「その男が死体へしゃがみ込んだときに、死体の上衣のポケットに、何かモノを入れるような様子はありませんでしたか？」

「さあ」

黒田は刑事の質問なので慎重に考えて、

「ぼくの眼には、そんなふうには映りませんでしたね。もっとも、暗いので見落したということもありますが」

と答えた。

「その男には伴《つ》れはありませんでしたか？」

「一人のようでしたね。そうそう、ぼくは、その男があまり奇矯《ききょう》な行動をしたものですから、少し反撥心《はんぱつしん》も手伝って、そのうしろ姿をそこから見送っていました。するると、彼は表通りに出ましたが、なんでも、タクシーに乗ったようです。そのタクシーも、前から乗って来たのを一時停車させて待たせていたという感じでしたね」

「タクシーの中には誰かいましたか？」

「遠くてよく分らないが、たしかに女が乗っていたという感じです」

桑木は、この証言は非常に参考になると思った。

その男がただの野次馬の一人か、或いは例の紙片をポケットに入れた人間か、その辺のところは分らないが、一応、都内のタクシーに当ってみる必要を感じた。

5

捜査本部では都内のタクシー業者に協力を求めて、「二月十七日午後十時過ぎ、港区B町××番地のAビルとB物産ビル附近に車を停めさせた男女づれの客」について、運転手の協力方を頼んだ。

都内にはタクシー業者が大小合せて四百社ほどある。運転手の数は約四万人に上る。

ところが、該当の届出はなかった。運転手は一昼夜《ちゆうや》交替になっているし、なかには欠勤する運転手もあるので、完全にこの調査が徹底するのには三、四日ぐらいはかかる。

それが五日おいても、それらしい客を乗せたという運転手の届出がなかった。

ただ一つ、これは品川のほうにある桜タクシーという会社の運転手だが、参考までにといって次のように申し立ててきた。

捜査本部が指定した男の人相と、服装、体格は、田村町の現場で野次馬が見た印象によって示されたのだが、その運転手は、自分が乗せた客がその男によく似ていることから届け出たのである。但し、それは場所も時刻も違っていたし、女は乗っていなかった。

「その人は大森のS町で乗せました。時刻は、十七日ではなく、十八日の午前一時半ごろでした。でも、手配の人相そっくりの男です。わたしは品川の車庫に帰るつもりでしたが、その客は、ぜひとも高円寺まで行ってくれ、と頼みます。すでに国電もないときなので、わたしも同情して乗せたんですが、実はあんまり気乗りがしませんでした。一つはそこから高円寺まで往復すると制限走行キロ数の三百六十五キロは突破するし、二時までに帰れという社の指令にも背《そむ》きます。が、気の毒なので嫌々ながら乗せたんですが、お蔭で会社に帰ってから始末書を取られましたよ……その客は高円寺の松ノ木町で降ろしました。場所もはっきりしています。角が酒屋さんで、赤い郵便ポストがありました。わたしが料金を貰って、日報を記《つ》けながら、それとなく見ていると、その客はポストの角を曲って狭い路を歩いてゆきました」

係官は、思った通りの届出ではないが、男の人相がひどく手配の人相と似ていることと、午前一時半から高円寺まで行ったという事実とに相当関心を持った。

「車の中で、その客は君に何か話しかけなかったかね？」

と捜査員は訊いた。

「いいえ、べつに言いませんでした。深夜ですから、大森から高円寺までは片道三十分ぐらいで着きましたが、その間、一言も口を利《き》きません。ただ、道順だけをわたしに言いつけるだけでした。それで少し気味が悪くなってバックミラーを見ると、客は睡《ねむ》ったようになっていましたが、それは何かを考えていたんですね。自動車強盗は車の中では運転手にあんまり口を利かないと聞かされているので、もう少し寂しい所に行けと言ったら、断るつもりでいました」

「君の印象では、どういう職業の男だと思うかね？」

「やはりサラリーマンだと思いました」

「料金は、どういう金で払ったかね？」

「一万円札で呉《く》れましたから、お釣りを出しました」

「その金は財布から出したのかね？　そして、もっとたくさん金が入ってるようなふうだったかね？」

「なんですか、一万円札が相当入ってるように見えました。チラリと見ただけですが」

「君がその男を乗せた地点と降ろした場所とは、今でもそこに行けば分るかね？」

「分ります」

桑木刑事は、捜査本部の主任に命令されて、その運転手を伴《つ》れて現場に行ってみることにした。桑木が運転手の証言に一ばん興味を持っていることが主任にも分っていたからだった。

桑木は重枝三郎という若い刑事と一しょに、署の車でまず高円寺に行った。

松ノ木町というのは、青梅《おうめ》街道の馬橋一丁目停留所から南に入ってゆく細長い通りで、いやに長い道だ。狭い道幅に図体《ずうたい》の大きいバスやタクシーがごった返している。

「あれです」

運転手は赤いポストを指した。

車はそのポストの角から狭い路次に待避させて、三人は降りた。運転手が言う通り、そこは角が酒屋になっている。その向い角はパン屋だった。

「この奥のほうに、その男は歩いてゆきました」

運転手の指示で、二人の刑事はぶらぶらとその路を奥へ進んだ。しかし、運転手が見たのは彼が路次を曲ったときだけで、それからどのように進んだかは分らない。路は西のほうへずっと伸びていて、しばらく行くと五日市街道の広い通りへ合していた。

これで分ったことは、その若い男は、いま降りたポストの角からこの広い通りまでの中間にある自宅に戻ったか、または他人の家を訪ねて来たかである。中間といっても、それが松ノ木町寄りであることは言うまでもない。

そこで、三人はまた中央部からポストまでの間を綿密に見て歩くことにした。すると、ポストへ出るまで、さらに細い路が二つほど左右に伸びている。その辺一帯は商店のない住宅街だった。

「これじゃ分らないな」

桑木は匙《さじ》を投げた。

左右の狭い通りはともかくとして、ポストへ出るまでの町並みは、八百屋、魚屋、菓子屋、医院、果物屋といった小さな店がごたごたと並んでいる。その間に普通の家がつづいているのだが、どれもあまり大きな家ではない。しばらく行くと、左手に万年塀を回した二階家がある。さらにその隣には、塀の中に僅かばかりの植木を植えた奥に引っ込んだ家もある。要するに、どこでも見かけるような密集した住宅区域なので、こういう場所をいちいち洗うわけにはいかない。

ただ一つ手がかりになりそうなのは、ポストの所がバスの停留所になっていることだ。もし、その男が勤め人で、この奥に家を持っているとすると、通勤にはバスを利用しているに違いない。角の酒屋では、バスを待っている客の中にそういう人物を見馴《みな》れているかも分らないのだ。

こういう考えで桑木は酒屋に入って、例の男の特徴を言ったが、酒屋では、

「どうも心当りがありません。なにしろ、この辺は相当にサラリーマンも多いので、ただそれだけでは見当がつきません」

と答えた。無理もない話だった。

とにかく、この場所を一応頭に入れておいて、一行は次の大森へ回ることにした。捜査の途中ではいろいろと無駄もあり、回り道もある。それは、桑木の永い刑事生活の経験で何百遍《ぺん》となく味わったことだ。今度のことも、この運転手の言った人物が果して死体の傍近くしゃがんだ男と同一人かどうかは分らない。苦労して捜し当てても別人かもしれないし、また当人だとしても、この事件とは全然関係がないのかもしれないのだ。

しかし、こんな懐疑を持っていては、足で歩く刑事の捜査は決して進展しないも

のだ。やはり、現在信じている道を追及するほかはないのである。

運転手が教えた大森の地点も商店と普通のしもた家との入り混った平凡な通りであった。ただ、違うのは、そこから工場の煙突が屋根の上に聳《そび》え、高い建物の一部が見えていることだった。

「ここです。ここにそのお客さんは立っていて、ぼくの車を停めたんです」

そこも町角になっている。だが、それは商店ではなく、低い塀を持った小さな洋館まがいの建物だった。表に「岩村写真製版所」と金属製の看板が出ている。

その片方は八百屋だった。

若い男がこの場所に立っていたというだけで、これは松ノ木町の場合よりももっと始末が悪かった。松ノ木町のほうは、とにかく、その男の歩いて行った路が分っているのだが、ここだと、どこから来たのか見当がつかない。この狭い路の奥かもしれないし、反対側の路次かもしれない。或いはこの広い通りの両方の一つかもしれない。

バスの停留所はないかと見ると、それは二町ぐらい離れた先だった。

桑木は、自分がその男になったつもりで、運転手の指示した場所に佇《たたず》んでみた。すると、正面の菓子屋、本屋、コーヒー店、雑貨屋といった家並みの向こうに工場の建物がのぞいている。大きな煙突からはしきりと煙が出ていた。

「君、あれは何という工場だね？」

彼は若い重枝刑事に訊いた。

「たしか、製粉工場だと思いますが」

重枝は答えた。

「製粉工場か」

しかし、桑木の意識は、すぐ自分のうしろにある岩村写真製版所に惹《ひ》かれていた。

——写真製版は、その工程に青酸加里を使用する。

田村町の殺人事件は、青酸加里によって被害者は殺されている。この薬は、もちろん、薬店で普通に買うことが出来ない。青酸加里という特殊な劇薬を、犯人はどのような経路で入手していたのか。捜査会議でもこれがかなり問題になった。

例の帝銀事件でも検察側が一ばん苦しんだのは、平沢貞通被告が大量殺人に使った青酸加里をどこから手に入れたかという経路だった。

いま、桑木は岩村写真製版所を見て、心が震えるほど捜査意識にぴんと来るものがある。手がかりの一端《いったん》を摑《つか》んだと思った。

彼はその前を二、三回往復した。建物はそれほど広くはない。

光線の入りやすいように窓が大きく取ってあるが、あいにくと塀に邪魔されて外からのぞくことが出来なかった。

その隣を見ると、餃子《ぎょうざ》、ラーメンの看板が出ている。

桑木の心はまた躍った。被害者の胃はラーメンを含んでいたではないか。

いまここに来たばかりなのに、あまりにも条件が揃《そろ》いすぎていた。

「腹が減った」

と桑木は重枝と運転手とを振り返った。

「ラーメンでも食べに入ろうじゃないか」

三人は赤い暖簾《のれん》をくぐって、ガラス戸を開けた。

「おじさん」

と桑木はラーメンをすすりこみながら、肥った亭主に言った。

「このラーメンはなかなか美味《うま》いな。ダシがいいんだね」

「へえ、有難うございます。みんなそういってご贔屓《ひいき》にしてもらっています」

亭主はにこにこしていた。

「そうだろうな。場所もいいから出前も多いだろうね？」

「へえ」

「この隣は製版工場らしいが、そこにも出前が行くのかい？」

「へえ、近ごろ忙しいとみえて、夜業のときは必ず出前をしております」

「そうだろうな。それはいつも夕食後かね？」

「いいえ。それはあまり出ませんが、残業となると九時には必ず持っていくことにしております」

「九時か」

少し遅いなと思った。

解剖所見では、被害者は午後六時か七時ごろにラーメンを食べたことになっている。

「しかし、夕食にも出るだろう？」

「いいえ。晩飯は皆さん弁当を持ってきておられますから。夜業することは前から分っていますので、職人さんは昼飯と晩飯と二食分持っておいでになります。うちからラーメンが出るのは決って九時です。それは夜食の分が会社からの給与になっていますので」

「一体職人は何人ぐらいいるのかね？」

桑木は質問を変えた。

「そうですね。みんな合せて三十人ぐらいでしょうか」

「その中には、なかなかいい男前の職人さんもいるだろうな？」

「へえ、近ごろの若い人はみんなお洒落ですから」

「どうだろう。こういう人はいないかね……？」

桑木はここで例の男の特徴を述べた。

「色が白くて、男前で、背があまり高くなく……？」

亭主は鸚鵡《おうむ》返しにいって首を傾けた。

「ちょっと心当りがありませんね。どうも、そんな二枚目はあんまり見かけないようです」

「職人で工場に寄宿している人はいないかね？」

桑木がそう訊いたのは、例の男が午前一時半ごろにこの前に車を停めたからだ。

「いいえ。みんな通いですよ」

「夜業は何時ごろまでやっている？」

「そうですね。どんなに遅くても、大体十一時ごろまでには終るようです」

「午前一時になるということも、たまにはあるだろう？」

「それはありません。何しろ、隣のおやじさんはなかなかのしっかり者で、夜業代が増えるのを一番おそれておりますからね」

「しかし、仕事が済んだあとで工員が将棋をさすとか、麻雀を囲むとかして遅く帰ることはないかね？」

「いえ、そんなことはありません。何しろ、電灯代を倹約するおやじですから、仕事が済めば全部消灯します。それに、工場にはそんな遊び道具もおいてありません。そりゃ、もう、隣のおやじはがめついことでは徹底したものです。私と同じ年齢で五十一ですがね」

桑木はラーメンを終って、残りの辛い汁を飲んだ。やっと丼《どんぶり》を置くと、ハンカチを出して濡れた唇を拭き、煙草をのんだ。

「隣は、ほうぼうから注文を受けているだろうが、その中には外国人の得意先もあるような話は聞かないかね？」

「さあ、それは聞いたことがありません。主に、大きな印刷所の下請け《したう》が多いといっていました。下請けは工賃が安いので、どうしても夜業を少なくし、電灯代を節約するということになるんでしょうな」

「職人さんは景気がいいかね」

桑木が訊いたのは、その若い男が財布の中に一万円札をかなり持っていたという運転手の証言があったからだ。

「とんでもない。みんなピイピイしていますよ。金を持っている工員はひとりもありません。ときどき、ここにラーメンを食べにきて仲間と話していますが、質草に追われる話や、ひどいのになると、ラーメン代さえ一か月も溜《た》めています。まあ、連中は、前借、前借で暮しているようなものですよ」

どうもうまくゆかない。

しかし、ここには青酸加里を扱う写真製版所があった。都政新聞も印刷に関係がある。この新聞には写真版は載っていないが、大きな意味でいえば、印刷と写真製版とはつながっている。

——外国人の匂いはまだなかった。

第二章　追跡

1

青雲タクシーは、池袋の近くに車庫をもっている。

三十二歳の独身運転手三上正雄は、五日ぶりに会社へ出勤した。持病の慢性盲腸炎が起きて五日間休んだのだった。

「お早ようございます」

三上は係長にお辞儀をした。

「やあ、どうしたい？　腹痛だって？」

届が出ているので、係長もやさしく訊いた。近ごろはどこも運転手払底《ふってい》で、以前のように文句も言えない。運転手たちは気に入らなくなると、すぐ辞《や》めてしまうからだ。下車勤などという懲罪《ちょうざい》は遠い昔になっている。

「今日は３２１号をやってくれよ」

配車係は一覧表を見て三上に割り当てた。

八時から前日の勤務者と交替する。すでに整備や掃除を終った車が、ガレージ前の広場に整列していた。だが、集合しているのは自動車だけでなく、折から営業所長の訓示を聞くために、運転手全員が空地に群がっていた。三上もその集りのうしろに入った。

営業所長は小さい男だから、蜜柑箱《みかんばこ》の上にあがって皆の顔を見渡しながら話している。運転手は白い日覆《ひおおい》の付いた帽子を被《かぶ》っているので、遠方から眺めると、所長はまるで警官隊に訓示をしている警視総監みたいだった。

「……ええ、こういう次第で、事故にはくれぐれもご注意ねがいます。それから、都内で新しく一方通行に指定された場所を読み上げます。まず、この近所では……」

近ごろは、交通混雑に伴い、やたらと右折禁止や一方通行がふえてきた。運転もよほど頭を使わないと能率が上らなくなる。うかうかすると、客を送るのにえらく大回りをしなければならないのだ。東京の道路は狭い上に道路工事が多く、警視庁交通課の通行指示はたびたび変更される。そのたびにまごつくのは運転手である。

それが一区切りつくと所長は、

「次に、この前申し上げましたが、新しくまた警視庁からみなさんに協力方の要請がありましたから、繰返して言います」

と別のポケットから小さな紙片を出して読み上げた。

「去る二月十七日の午後十時過ぎに、港区B町××番地の、AビルとB物産ビル附近に、二人づれの客を乗せたタクシーが一時停車しました。車の中には、年齢二十七、八歳ぐらい、色白で、背はあまり高くない、一見好男子の……ちょっとみなさんのような男前で……」

運転手たちはげらげら笑った。

「まあ、そういう、会社員風な男が乗っていたが、恰度、ビルの横手に人だかりがしているのを見て、車から降りて覗きに行ったというんです。そこは殺人事件の現場であって、野次馬が集っていたわけですが、その男は約十分ばかりして車に引返したといいます。なお、車には同乗者がいたらしいというのですが、これは附近の野次馬の一人の話だけれど、女の感じだったといいます。とにかく、そういうお客を乗せた運転手がいたら、至急に警視庁に届け出てくれとのことです。前にもみなさんに言いましたが、もう一回、改めてお知らせします。思い当る方があったら、事務所まですぐに来て下さい……これで終りです。どうもご苦労さま。今日も元気でお働き下さい」

三上運転手は何気なくその話を聞いてから胸が轟《とどろ》いた。それこそ自分が病気で休む前、晩の勤務に乗せた客ではないか。たしかに田村町のAビルの前に車を停めさせて、男客が約十分ばかり外に出ていた。そうだ、そのビルの前に人だかりがしていたので、男客が、事故でもあったのかな、と呟いたのを聞いている。実際、自分もその黒い人だかりの影を見て徐行したくらいだ。

間違いない。今の話はあのときの男のことだ。それに車の中には同乗者がいたというが、それは銀座のバーから乗せた女だった。

いまの所長の話はこれで二度目だそうだが、最初の通告は自分が欠勤していて知らなかった。

三上は急いで営業所に行きかけたが、途中でふいと彼の足が停った。

(待てよ)

三上は俄《にわ》かに思案したのである。

あの客は、たしか銀座裏のバー「クラウゼン」から乗せた。ボーイが手を振って自分の車を呼んだのだった。どうやら上等の客らしい。「クラウゼン」といえば、銀座裏でも高いほうのバーだ。そんな店で遊んだ上、次に女を旅館に連れ込んだところをみると、かなり金回りのいい男らしい。

ここでそんなことを正直に警視庁に届けても、ただ金一封を貰うだけのことだ。それも事件が解決してのことで、未解決だったら、或いは何も貰えないかもしれない。貰っても、金一封の中身はせいぜい千円札が二枚程度だろう。

(これはうまいチャンスかもしれないぞ)

三上は思った。

警視庁からそんな手配がある以上、男は有力な容疑者かもしれない。東京都内の四万人もいる運転手の中で、そいつを乗せたのはおれだけだ。こちらが黙っていればその男のことは永久に分らないわけだ。

三上正雄は営業所の窓口に行くのを止めて、自分の受持車に引返した。

運転手の三上は、その晩八時ごろ、銀座裏に直行した。ここに来るまでの途中、客が何人も路傍で手を挙げたが、彼は素知らぬ顔をして素通りし、「クラウゼン」の洒落《しやれ》た看板の灯が見える道路の前に駐車した。ここで三上は先夜自分を呼び止めた同じボーイが「クラウゼン」の店から出てくるのを待っているつもりだ。ハンドルに肘《ひじ》を凭《もた》せ、気長に煙草を吸い、ほかの客が寄ってきても、客待ち中だといって断った。「クラウゼン」のドアは、ようやく人の出入りがはげしくなっている。銀座裏は、九時を過ぎないと活気を帯びてこない。

見覚えのボーイは、容易に顔を出さなかった。三上は、その店の中に入って例のボーイに会おうかと思ったが、運転手の恰好《かっこう》をしているし、ほかの客もあることなので、目立つと困ると思って中止した。それに、こちらの顔をあまり先方に憶《おぼ》えてもらいたくない。

まあ、今晩は商売が半チクになっても仕方がないと思った。うまくいくと、今夜の稼ぎの何倍かの金が入って来るかもしれないので気は楽だった。いよいよとなれば午前二時の帰社規定の時間まで稼ぎまくればいい。近ごろは客を拾うのに苦労は要《い》らなかった。

そこで四十分ぐらいは待ったであろうか。

「クラウゼン」の看板の下から白い服を着た男が現われた。この前のボーイだ。特徴のある長い顔と撫《な》で肩に記憶があるし、何よりも茶色の靴を穿《は》いているのが目じるしだ。

三上は、そのボーイが客の車を拾いに外に出たと見て、短かくなった煙草を口から道に投げ捨てると、車をすうっとUターンさせてボーイの立っている前にぴたりと停めた。

「うちのお客さんだが、飛鳥山《あすか》までお送りして下さい」

ボーイは窓から顔をのぞかせて運転手に言った。

「へい、承知しました」

三上はうなずいておいてすぐに、

「ちょっと、ボーイさん」

と彼を呼び止めた。

「この前の晩、お宅のお客さんをホステスさんと一しょにお乗せしたんですがね。あんたがやっぱりわたしの車を呼んで下さったんですよ。十七日の晩ですよ」

ボーイは首を捻《ひね》って、

「どんな人だったかな？」

と呟く。

「お客さんは一人で、若い人でしたよ。二十七、八ぐらいの、背は普通よりやや低いほうです。ちょっとハンサムな……」

「山中さんかな？」

とボーイはまた呟く。

「そうそう、山中さんかもしれませんね。とても美人のホステスさんがついていました」

「ああ、それなら山中さんかもしれない……それが、どうかしたかね？」

「ええ、ちょっとね。実は料金を間違えて、わたしが余計戴いたんですよ。それでお返ししようと思ってるんですがね」

「どれだけ取り過ぎたのかね？」

「メーターは二千五百円と出たんですが、一万円戴いて、うっかり六千五百円渡したんです。お客さんは調べもせずに財布の中に入れられたようですが、千円多く取過ぎたのが気になって仕方がないんですよ。それをお返ししようと思いましてね」

「千円ぐらいなら、べつに返すこともないよ。チップのつもりで取っておきなさい。あの人は景気がいいからね。たとえそれを話しても、受取るようなお客さんじゃないよ」

「しかし……山中さんというんですか？」

「そう」

「どこかの重役さんですか？」

「とんでもない。まだ三十前だからね。都庁に勤めている人だと、マユミさんは言ってるんだが……」

「ああ、ホステスさんはマユミさんというんですね」

三上は、これでボーイの口から二人の名前を知った。男は都庁につとめているらしい。

今夜はそこまで分ればいい。いずれ別な方法でその先を調べたいと思った。いまこのボーイにあんまりくどくど訊くと、変におかしく思われる。

「どうも気持が悪いな」

三上は、千円少なく釣りを出したことをまだ悔んでいるふうをした。

「構《かま》わないよ。平気だよ」

ボーイはそう言い捨てると、折からうしろのドアを煽《あお》って出てきた男客三人のために、客席のドアを丁寧に開けた。


死体が持っていた紙片の「卌」の記号は、進駐軍関係の仕事を受持ったことのある刑事の言葉のように、果してアメリカ人がものを数えるときに使うのと同一のものだろうか。

丸ノ内署に置かれた捜査本部では、この点をいろいろと関係方面に訊き合せてみた。すると、その刑事の言うことに間違いはなかった。たしかに、アメリカ人は日本人が5の計算に「正」を使うように「卌」の印を使うという。但し、日本人でもそうするように、これは数字を計算する場合でなく、「物」を数えるときに用いる。このことからして死人の持っていた紙片の意味が最も考えられるのは、計算の対象が「品物」ではないかということだ。

しかも、それは相当多数量を想像させる。こういう数え方は五単位になされるから、たとえば、倉庫に入っているような夥《おびただ》しい数量に関連しているように思える。それは荷役をするときもそうだし、在庫品の員数調べの場合もその記号を用いるように思われる。もし、そうだとすると、その品物の内容は何だろうか。

もちろん、日本の会社の倉庫へアメリカ人が入って直接にこんな計算をするとは考えられない。そこで、この事件には現在残っているアメリカ軍用施設の内部関係説まで出てきた。東京周辺だと立川《たちかわ》、厚木《あつぎ》、横須賀《よこすか》、所沢《ところざわ》などが考慮される。だが、こういうキャンプ内の捜査は、現在の日本の警察では不可能である。

次に、何故にその符号の付いた紙片が被害者の上衣のポケットに入っていたかという問題だ。それは最初から被害者のポケットに入っていたのか、それとも殺されたのちに誰かがそのポケットに投入したのか、で、また問題が岐《わか》れてくる。

桑木刑事は、どちらかというと、被害者のポケットには彼が殺害されたのちに第三者の手でその紙片が入れられたと信じている。

では、何の目的でポケットにその紙片を入れたのだろうか。

この辺になってくると、桑木も明確な解答の用意がない。捜査方針を混乱させるためという想像も浮ぶ。

とにかく、珍しい記号が入っていたものだ。

本部の内では、こんな記号のことだから、或いはわれわれは順序を逆さまにして見ているのかもしれないという意見も出た。上下は同じだから、縦にしてみると丰というかたちになる。これでは何のことか分らない。恰度、地図の「軌道」符号の一部を切り取ったようなかたちだ。

だが、まさかそんなものではあるまい。やはり前の意見の通り横にしてみるのが本当であろう。

また、これは桑木の担当だが、被害者の仆《たお》れていた現場に車で乗りつけて、十分間ほど死体の傍にいたという若い青年の身もとが未《いま》だに分らないままである。

一ばんいいのは、その男を乗せたタクシーからの届出だが、最初、これは何の造《ぞう》作《さ》もなく届出があるものと信じられていた。場所と、時刻と、そして特徴のある行動をしたのだから、運転手は必ず記憶があるに違いない。

それが一向に届出がないのだ。どうしてその運転手は黙っているのだろうか。運転日報を調べてみる方法もあるが、十七日午後十時ごろ、田村町を走っている車は何百台とあるだろう。

もしかすると、目撃者の誤りで、それはタクシーでなく自家用車かもしれない、と桑木は考えた。それだったら、運転手の届出がないわけである。ハイヤーの運転手も、警察から回された通牒《つうちよう》で営業所から手配を聞かされているはずである。

どうも、おかしい。

それに、桑木は昨日ある運転手の届出で、大森から高円寺の松ノ木町に送ったという男のことを調べに行った。高円寺のほうには手がかりがなかったが、大森では被害者が殺された青酸加里に関係のありそうな写真製版の工場のあるのを見た。また、偶然かもしれないが、その隣には大衆中華料理店もある。桑木はそのほうからの捜査にも強い魅力を覚えていた。

2

恰度《ちょうど》、田村町のビル街で東京都庁内紙「東明新聞」元記者の死体が発見されてから一週間目、二月二十四日の朝のことである。

東京の西の郊外、雑木林の多い青梅街道を、一台の乗用車が田無《たなし》方面に向って走っていた。裸の梢《こずえ》の間には、白い富士山が出ていた。

青梅街道も田無のあたりにくると、まだ田園風景が残っている。藁《わら》屋根の農家もあるし、防風林に囲まれた散在聚落《しゅうらく》も見られる。だが、最近になると団地がふえ、都心から敷地を奪われた大学などが分校を建てたりしている。広い野面《のづら》の涯《はて》には低い山脈《やまなみ》が近づいているので、関東平野もいよいよこの辺が西の涯《はて》だということが分る。富士山のかたちもずっと大きくなる。

先ほどから走っていた一台の乗用車は、田無の町から左に折れて、その広い曠野《こうや》の中についた白い道を走りつづけていた。この道を真直ぐに行くと、小金井《こがねい》、府《ふ》中《ちゅう》方面に向う。だが、その道もまた途中で二つに岐れて、小さなほうにとると、やがて低い丘の間に入り、あたりを蔽《おお》っている雑木林の中に、高い塀が長々と伸びているのが見えてくる。塀は必要以上に高かった。いかめしい門がある。その門柱の真鍮《しんちゆう》板には、「医療法人愛養会」と小さく書かれ、その下に大きく「不二野病院」と彫りつけてある。

門を入ると、さすがに敷地を十分に取ってあるだけに、玄関までは洋式の円形の池を前栽《せんざい》にしてほぼ二百メートルぐらいの距離がある。池の縁には草花を植え、道の片側にはヒマラヤ杉が高く伸びている。

本館は白い近代的な建物で、両側には左右対称的に二階建が付いている。

建物は、その奥のほうにいくつもの別棟を見せているが、このほうは表ほど近代的ではない。細長い棟は四つぐらいならんで、鉄格子がはまっている窓もある。不二野病院というのは、医療法人愛養会が附帯事業として経営している精神病院だった。

車が玄関に着いた。中から降りたのは、二十七、八の色の白い青年だった。

玄関には、白い上《うわ》っ張《ぱ》りを着た医者らしい恰好の男が三人、彼を出迎えに立っている。もっとも、こういう展望の利《き》く場所に自動車が一台やって来れば、遠くからでもすぐ分る。

「やあ、山中さん」

出迎えの三人の中の一人は、背の高い四十二、三歳くらいの男だった。痩せた体格で、短い口髭を生やしている。この男だけが白い上っ張りなしの背広だった。

「やあ」

若い男は、都の厚生局衛生課の職員山中一郎であった。

「どうもご苦労さま」

口髭の男が玄関を入ったすぐ右側の応接室に山中を通した。片方が院長室になっていて、反対側は事務長室になっている。応接室は、むろん、患者の家族など入れるような所ではなく、それほど豪華ではないが、かなり広い。壁間には、油絵などが掲げてある。真中の大きな円卓には、九谷《くたに》焼の花瓶が温室咲きの花を溢《あふ》れるほど盛っていた。

山中一郎が上座に着くとすぐ五十恰好の、肥った血色のいい、やはり白い上っ張りを着た男が入って来た。

「山中さん、ご苦労ですな」

とにこやかに挨拶《あいさつ》した。

「やあ、院長」

山中も彼にだけは椅子から起ち上って一応挨拶した。

「またあなた方に嫌われる査察に参りましたよ」

「いや結構。あなたのほうも任務ですからな。ひとつ、十分にお調べ下さい……」

あとは笑い声になったが、これに口髭の男も、ほかの二人も声を合せた。和やかな雰囲気が初めから醸《かも》されている。

コーヒーが運ばれ、菓子やフルーツが出された。そんなものを持って来るのは、顔のきれいな若い看護婦だった。

「都心からここまで、車でも一時間二十分ぐらいはかかりますからね。近ごろは車も混むし、道路も悪い。昔のように快適なドライブという気分にはなれなくなりましたよ。この辺まで来て分ったのだが、ずいぶん寒いですな」

「やはり都心とは三度か四度ぐらいは違います。ねえ、院長、それぐらいはこっちのほうが冷えますかね？」

口髭が円顔の血色のいい院長に眼を向ける。院長は頭がすでに半分は白く、童顔だが、縁無しの眼鏡が英国紳士のように似合った。

「飯田事務長の住んでいる高円寺の辺もこちらとはずいぶん違うの？」

「はあ、やっぱり二度は違いますな」

口髭はこの不二野病院の事務長で、飯田勝治といった。

この男なら、二月十八日の午前二時ごろ、高円寺松ノ木町の自宅に山中一郎を迎え、その二階でウィスキーを呑みながら話した対手だ。

ここでは、主に院長と飯田事務長とが山中と雑談に花を咲かせた。都心の話から盛り場のことになり、バーや呑み屋の噂になる。そんな話が四十分ばかりもつづくと、山中はようやく気づいたように腕時計を見た。

「では、ぼつぼつ見せていただきましょうかな」

彼が言うと、院長も、事務長も、ほかの白い上っ張りの医員も、椅子を引いてようやく腰を上げた。


口髭の飯田事務長の案内で、山中は屈折した長い廊下を歩いて行く。看護婦や、男の看護人がすれ違うたびに、いつも査察に来ている都の役人とみて目礼して過ぎた。

普通の病院と違って精神病院となると、明るい光線でも何となく黝《くろず》んで感じる。患者の家族らしいのが廊下をうろついているのが眼に入る。本館に近いほうが軽症患者の病棟で、奥に行くほど重症となってくる。この辺から、入口や窓に鉄格子がはまることになる。

陽当りのいいところには、浴衣や、病衣や、毛布、タオルといったものが干されてあった。雑木林を伐り拓《ひら》いた広場では、若い医員や看護人がキャッチボールなどしている。軽症患者は庭の草をむしったり、キャッチボールをぼんやりと眺めたりしている。

山中は、病室や調理場などの施設を大急ぎで覗いて回っていた。

東京都厚生局衛生課では、規定によって都内の精神病院の業務全般に関して随時査察を行い、採点することになっている。

精神病院査察採点表は、①施設の管理②業務の状態③患者の処遇の三項目を、大体、各項目ごとに十箇条ぐらいに細分化して、それぞれに二点乃至《ないし》三点を限度とする減点基準を定めている。三大項目は、一項目を百点として、計三百点を三で割り、総合点数百点を出している。

査察の対象となるポイントは、施設の管理中、たとえば病棟については、㋑観察治療病棟、㋺不穏保護病棟、㋩開放病棟、㋥合併病棟、㋭精神外科病棟などを見ることになっている。

たとえば不穏保護病棟などでは個人室と同居室とが分れていて、危険性のある患者が暴れても負傷などを誘発しない処置が整えられているかどうか。脱出を防止する窓の鉄格子が患者の反感を買う構造になっていないかどうか。採光、通風、換気の状態は良いか悪いか（医療法の規定では、部屋面積の八分の一以上の有効面積で、十六分の一以上に相当する開放面積でなければならない）。また、照明装置は適切かどうか。便所の位置や構造は良いか悪いか（便所の点では、中に落ちたり、脱出や、喫煙、その他の事故が起きやすい。従って白い陶器の取付はいけないことになっている）。開放病棟では、日中自由行動させるために十分な開放感があるかどうか、ということを見たり、また、伝染病の防止、消毒の完全、患者の娯楽的な設備などを査察する。

病棟以外では、食堂、配膳《はいぜん》室、浴場設備などが見られ、看護設備は緊急時にも十分な備品が揃っているかを検査し、その他、暖房装置、防火装置、室内清掃用設備、特に汚物の処理設備の完全を見なければならない。

看護婦の業務にしても、完全基準看護として正しく十分に行われているか。婦長は各病棟日誌、超過勤務の記録、薬品請求、備品受払い、患者の小遣の取次ぎ、院長巡回の随行、深夜巡回等を正しく行っているかどうかを見る。特に看護婦は診断治療の介補を十分に行っているや否やを重視する。

薬局の業務については、薬務事務、保管、試験、調剤、非常用薬品の管理、特に覚醒剤と睡眠剤、麻薬は施錠の棚に保管し、受払いの誤りや不注意がないかどうかは、査察の大事な点となっている。

また、軽症患者については、作業指導や、生活指導の効果的な実行状態、特に患者に対する給食は、治療の過程と合せて十分に与えられなければならないが、その給食の適正さも査察の重要事項の一つだ。

各病棟については症状によって極端な差別をされていないか、保護を受けている官費入院患者と、自費負担の入院患者の待遇に差別は見られないか、寝具、衣服等は常に清潔か。環境的によい取扱いをしているか、面会人の取次ぎ、小遣銭の保管や日用品に不自由はないか、といったことに査察が行われなければならない。

こう見ただけでも、少くとも一日はたっぷりとかかるのだが、山中一郎の場合は、四十分足らずの駈《か》け足で通り過ぎてしまった。

——都厚生局からの査察は、勿論、抜き打ち的に行われるわけだが、山中一郎が来たときは、病院側に全く狼狽《ろうばい》の色もなく、さも、待ち受けていたようなところがあった。

また応接間に戻ると、山中の前には、ウィスキーの瓶とオードブルとが用意されていた。

「困りますな、こんなものは」

山中は顔をしかめた。

「ナニ、ほんの一口です。ご苦労さまでした」

このときは院長もちょっとおつき合いしただけで、すぐ適当に挨拶して院長室へ引揚げた。ほかに来客があったせいもある。

山中と飯田事務長とは、取止めのない話を交していた。ほかの二人の医員も調子を合せている。ウィスキーを呑みながら雑談は、一時間もつづいたが、実際の目的の査察時間は、前後の雑談の半分にも足りない。

「どうもお邪魔しました」

うす赧《あか》くなった山中は、グラスを置いて席を起った。これ以上呑むと、彼の顔は蒼白《あおじろ》くなってくる。

「よろしくお願いします」

飯田は山中を送って玄関へ出る廊下を歩いた。このとき、二人の医員は彼らから少し遅れて歩いていた。

「山中さん」

飯田は山中と肩をならべて小声で言った。

「何か例のことであんたの所に言って来ましたか？」

「何も言って来ないよ。なぜだい？」

飯田は五、六歩黙って歩いていたが、

「二、三日前、うちの近所を、刑事が聞き込みに歩いていたようですよ」

山中は、ほう、というような顔をして背の高い飯田を見上げた。

「ナニ、心配なことはありません。しかし、どうしてうちの近所を刑事が聞き歩いたのかな？」

と山中のほうをじろりと見た。

「あの晩、あんたはタクシーで来たんでしょう？」

「流しだからな。君ンとこを知られるはずはないが」

山中も首をかしげている。

「それは、君の家に寄ったのか？」

「いや、特にうちというわけではないが、あの辺を嗅《か》いで回っていたらしい。例の一件に違いないですよ」

山中は何か言いたそうにしていたが、恰度、院長が見送りに現れたので、二人はそのまま口をつぐんだ。

「どうもお邪魔をしました」

山中は大きな声を出して院長に言った。

「山中さん、よろしくお願いします」

院長はでっぷりと肥えた赧ら顔を何度も下げた。

山中も車に乗るまで、飯田やほかの者とも愉《たの》しげに短い言葉を取交した。彼を乗せた車は、池を半周して不二野病院の門を出て行く。そこまで見送った医員のほうは、ぞろぞろと建物の中に引返した。

みんな何となく不機嫌《ふきげん》になっている。不必要な愛想を言ったあとの、あの白々とした気持と似た表情だった。

「あの若造め、近ごろはだんだん要領よくなってきている」

院長がつぶやく。

「まあいいですよ。あれでなかなか重宝《ちょうほう》なところがありますからな。こちらで押えておく分には大して金もかからないし、そう気にかけることもないでしょう」

飯田事務長が慰め顔に言った。

院長の顔に冷たい笑いが泛ぶ。

車の中の山中の白い顔にも、やはり同じようにうすら笑いが出ていた。彼は車内に置いた書類鞄《かばん》の中から一枚の紙を出した。それに万年筆で書き込んでゆく。

採点表へ書き入れる数字は、すでに彼の頭の中に出来上っていた。査察という名目があるから、一応は病院をのぞいたものの、家の中に寝転んでいても書けることなのだ。

採点は合格点を上回っている。

車は再び田無のほうに出て、青梅街道を都心へ逆戻りしてくる。

このような査察には、都の役人がいちいち車など利用しない。それは大てい電車で行くのが建前になっているが、山中は最近一度もそんなことを実行したことがない。

車に慣れてしまって、バカバカしくて電車などには乗れないのだ。

もっとも、車で行けば、車賃という名目で病院から包みが貰える。

山中は採点表に数字を書き入れたあと、しばらく窓の外を眺めていた。田舎の景色から次第に街の風景へ変ってくる。

山中は屈託ありそうな眼つきだった。

彼の頭には、飯田事務長から囁かれた言葉が後味悪く残っている。

「運転手さん」

山中はうしろから声をかけた。

「公衆電話が見えたら、そこでちょっと停めてくれないか」

五百メートルも行くと、ボックスが見えた。きれいな工場の前だった。

山中は車を降りて、その中に入り、ダイヤルを回した。

3

警視庁では、被害者の島田玄一が東明新聞を馘首《かくしゅ》された原因について調べていた。

東明新聞側では、島田が或ることで不正を働いたので処分したと言っているが、彼がどのようなことをやったかは明らかにしなかった。多分、それを公《おおやけ》にすると、島田が恐喝した対手《あいて》側に迷惑がかかることを考慮したからであろう。

しかし、新聞の性格上、被害を受けた側は都庁の職員だとは想像がついた。

警視庁では、ようやく、その原因を突止めることができた。

果して問題は都の土木課に関係していた。東京都では絶えず水道工事や下水工事をやっている。これに使用するセメント管はトラック運搬の途中で末端にヒビ割れすることがある。それでは使いものにならなくなるので不用品となるが、その損害は運搬途中の事故として運送会社が弁償しなければならないことになっている。

ところが、運送会社では現地の都職員と話合いをつけて、工事中にセメント管が破損したことにしたり、或いはヒビの入った末端を切取って別な管にジョイントしたりする。

こういうときは、運送会社から職員のほうに手心を加えてもらったお礼として幾ばくかの物品を贈る例が多い。それも大したものではなく、せいぜい酒の一升瓶《びん》何本かで済ませる。

ところが、厳重に考えれば、これらは明らかに不正行為だ。殊に酒を貰っているのだから、立派に収賄罪《しゅうわいざい》が成立する。

島田玄一はこういう事例を丹念に調べて、相当の件数をまとめていた。本来なら、こういう「不正行為」を新聞社に報告して記事にするのが建前だが、島田は都の係責任者や運送会社の幹部に話を持込んで小遣銭をせしめていたというのだった。この行為が東明新聞の経営者に分り、島田は馘首されたのであった。

東明新聞が警視庁の要請にも応えなかったのは、このような事情が伏在していたからで、供述によって職員に迷惑が及ぶのを避けたのである。

「なるほどな」

その報告を聞いて、桑木刑事は合点がいったという顔をした。

「してみると、被害者の島田玄一は、ほかにもそんなことをしていたわけですね？」

「そうらしいな」

捜査会議の席で主任の警部は言った。

「この土木工事の件はその一例だろう。一つの恐喝《きょうかつ》をやっていれば、ほかにもやっているとみなければならないな。島田が殺された原因は、その辺からスジがとれるかもしれないな」

「しかし、彼が殺されるというのはよほどの恐喝をやっていたことになりますよ。つまり、今の土木恐喝みたいな小さなことではなく、島田はもっと大きなオドシを働いていたと考えなければならんでしょうね」

「ひとつ、その辺から探ってくれるか」

主任は、そんなことを同席の捜査員たちに言い渡した。

ところが、その後の調査でも、その線がどうしても出てこないのだ。もっとも、こういう事件は被害を受けたほうが絶対に秘密にしているから、調べることが大へんに困難である。また、東明新聞のほうでも島田の土木恐喝はしぶしぶ認めたが、ほかに島田がどのようなことをやったかは全く知らないと言う。事実、それは島田個人がこそこそとやっていれば、新聞社側にはよく分らないわけだ。

これで、被害者の島田玄一という男がどのような人間かということは、一応浮んできたわけである。つまり、彼は東京都政の暗い部分に喰入《くいい》って、そこから強請《ゆすり》的な収入を上げていた人間だったのだ。

そもそも、都政新聞の威力は都庁職員にとっては相当なものらしい。たとえ捏造《ねつぞう》記事であっても、都政新聞に悪口が出たり、貶《けな》されたりすると、それだけでも出世が行止まるとも言われている。悪質な新聞はそんなことを頭に入れて、意地悪く赤インキで記事に円をつけたり囲ったりして掲示板などに貼《はり》出す。

都政に対して特殊な新聞批判機関があるのはたしかに意義のあることである。殊に東京都のような国家財政の一割にも近い予算を使っているマンモス都市は、ともすれば汚職や腐敗行為が起りやすい。それを新聞で告発するのは、納税者である都民の利益を護る上において奇妙ではないのだ。

だが、都政新聞の経営面そのものにも問題がある。

彼らは購読料を課長や局長のポケットマネーから取っている。都のほうでは極力その事実を否定しているが、現実にはそれが行われていることはたしかのようだ。

また、日ごろ購読料などは取らない新聞でも、いざ事が起れば、それを取引材料として莫大な利益を狙《ねら》っているのもある。

また、島田玄一のように、新聞社そのものが知らなくても、いわゆる不良記者が小遣稼ぎに取材上の秘密を取引道具にして恐喝行為に出ることもあるのだ。

この事件は、たまたま、その複雑な都政新聞記者が殺害されたことによって、捜査本部には早くも都政面の暗黒部門が背景になっていることを予想させたのであった。


運転手の三上正雄は、その晩八時ごろ、バー「クラウゼン」の前に空車を停めて、ひとりで店に入って行った。

ドアを開けると、すぐに横がカウンターになっている。奥のほうが広いのでそこに沢山《たくさん》のボックスが置かれ、煙草の青い煙と、一種濁った不透明な空気との中に、客の黒い姿が滲《にじ》んでいた。

「今晩は」

と三上はレジの女に言った。

「ちょっと、マユミさんに言伝《ことづけ》を言いたいんですが、今夜は来ていますか？」

レジの女が見ると、タクシーの運転手だということは、その帽子と服装とで分る。てっきり、客の使いだと思って、

「ちょっと、待って下さい」

と言いおいて、その辺にいる女の子に、

「マユミちゃんを呼んで」

と言いつけた。

しばらくすると、その濁った空気の中から胸のあたりを露わにした若い女が歩いて現われた。

「マユミさんですね？」

三上は、そうだ、この女だった、と心にうなずいた。

「ええ、そうよ」

彼女は運転手を不思議そうな眼で見ている。

「すみませんが、ちょっと話があるんですが」

女は変な顔をして、

「なんですの？」

「実は、山中さんのことなんですが？」

「山中さん？」

と、運転手の顔を改めて見直している。

三上は低声になって、

「今晩、山中さんはこちらに見えますか？」

「あら、どうして？」

「お見えになったら、ぼくが言伝をしなければならないことがあるんです」

「どなたから？」

「それは、直接にお会いしてからでないとね」

「変ね」

「いや、決して、心配なことではありませんよ。で、今夜、山中さんはここに見える予定になっていますか？」

それは、来ることになっていた。マユミは今日山中からアパートで電話を受けている。

「そうね。九時半ごろだったら、お見えになるかもしれないわ」

「そうですか」

三上は思わずうなずいて、

「それだったら、そのころに伺いますから」

「ちょっと、あんた……誰からの言伝なの？」

マユミが気にして追いかけるように訊くと、

「さあ、なんでもお友達ということでしたが、詳《くわ》しくは、またあとでご本人に言いますよ」

三上は車に戻った。

九時半というと、あと一時間と少しだ。まあ、十時ごろに来たら山中に会えるだろう。それまでひと稼ぎだと思ってアクセルを踏んだ。

京橋《きょうばし》から客が乗って新宿《しんじゅく》までと言うので、目的地の歌舞伎《かぶき》町で降ろした。戻りかけると、三光《さんこう》町で呼び止められ、高円寺へ行けと言う。

あんまりこの辺をうろうろしていては時間に間に合いそうにないが、まあ、もう少しはいいだろうと思って、高円寺の松ノ木町まで行った。

その客を降ろして時間を見ると、八時四十分だった。これから銀座裏なら、恰度いい時間だ。

車の方向を換《か》えて戻りかけると、前を塞《ふさ》ぐように人が出て手を挙げた。

「ダンナ、どちらですか？　逆の方向なら、ちょっと都合が悪いんですがね」

彼は背の高い客に言って、予防線を張った。

「銀座のほうだ」

「あ、そうですか。では、どうぞ」

運よく都合のいい客がついたものだ。彼はいそいそとしてうしろのドアを開けた。

青梅街道に出て、蚕糸《さんし》試験場の前あたりを走っているとき、客がうしろから訊いた。

「運転手さん、君は逆の方向はお断りだと言ったが、何か約束があるのかい？」

「はあ、すみません、恰度、九時半にお迎えに行く約束のお客さんがありますから。いいえ、決して乗車拒否をするつもりじゃありませんよ」

「君のところの会社はどこだ？」

と言いながら、その運転台の上に付いている標識を見て、

「青雲タクシーか。どっちのほうにあるんだい？」

「池袋ですよ」

「そうか……どうだ、このところの景気は？」

客は退屈しているとみえて、そんなことを話しかけてくる。三上もいい加減に相《あい》槌《づち》を打ちながら、心は「クラウゼン」に急いでいた。

「ダンナ、銀座はどの辺ですかァ?」

車が日劇《にちげき》の前にかかったころ三上は訊いた。

「七丁目の裏のほうだ」

それだったら、ちょうど自分が行く方角だ。三上は全然無駄をせずに、実車で走れたのが嬉しかった。

大通りを土橋《どばし》のほうに向って走って、資生堂のあたりまでくると、客はその角から右へ曲れと言う。

「ダンナ、ここは右折禁止でダメですよ」

「そうかい。やれやれ、面倒になったもんだな。じゃ、いいよ、ここで降ろしてくれ。歩いて行く」

「すみません」

車を傍によせて停めると、客は二千八百円の料金を払って道に下りた。それを五千円札でくれたので、つり銭を出すときに対手の顔をよく見ると、顴骨《かんこつ》の出た痩《や》せた顔に短かい口髭があった。その口髭の格好がちょっと滑稽に映った。

三上は土橋のほうから大きく迂回《うかい》しながら、「クラウゼン」の前にきた。生憎《あいにく》と車を停める場所がないので、それを探すのにうろうろと手間どった。

時間を見ると十時を過ぎている。

三上はやっと「クラウゼン」のドアを押した。

「マユミさんを呼んで下さい」

ちょうどボーイがそこに立っていたので内に入らず呼び出しを頼んだ。

マユミはすぐに奥のほうから出てきた。

「山中さんは、もうお見えになりましたか？」

彼は白い胸を大胆に見せている黒いドレスの女に訊いた。光線の加減で、その瞳《ひとみ》が虹《にじ》色に輝やいている。ちょっと、可愛い女だなと思った。

「あら、山中さんはいま見えたけれど、ちょっと用事があるといって、今ここにはいないわ」

「いつごろ戻りますか？」

「すぐ近くだから間もなくでしょう。……ちょっと、あんたのことを山中さんに言っておいたわ。山中さん、心当りがなさそうだったわよ」

「どうもありがとう。じゃ、ぼく、場所が分っていればそこに行きます」

「四、五軒向うに〝ハバナ〟という喫茶店があるの。そこにいらっしゃる筈だわ」

運転手の出て行く後ろ姿をマユミはじっと見送っていた。

三上は歩きながら、山中はバーから喫茶店になぜ移ったのだろうと思った。バーでは会えない客だったのか。

「ハバナ」はすぐに分った。黄色いドアの後ろにすんなりとした若い女が立っている。三上が近づくと、まるで自動ドアのように女の子が把手《とって》をすうと引いた。どこの店に行っても、運転手のユニホームだから客の扱いにしてくれない。女の子は、いらっしゃいませ、とも言わなかった。

内をのぞくと、これはまた暗くてよく分らない。客席の間に低い煉瓦《れんが》積みの仕切り塀みたいなのがあって、チューリップなどの鉢植の花が無数にならんでいるのが先に眼についた。

客の黒い影はその花の間にうずくまっているように見える。

眼を凝《こ》らすと、恰度、正面の奥のほうに、見覚えのある山中という若い男の顔があった。彼は伴《つ》れの男としきりと話しているが、こちらから見ると、対手はうしろ向きになっているので、どんな奴か分らない。

三上が女の子に呼び出しを頼もうと思っていると、その矢先に、対《む》い合った背中の男が姿勢を変えて横向きになった。それを見た途端《とたん》、三上はおやと思った。

その横顔に新しい記憶がある。何よりもその口髭が特徴だった。たった今、自分が高円寺の松ノ木町から乗せてきた客ではないか。

世の中は分らないものだ。あの客がまさか当の山中に会いに来る人間とは知らなんだ。右折が出来ないので、あの客は途中で降りたが、車を迂回させたり、駐車場所がなくてうろうろしている間に、歩いて行った客のほうが先に山中に会っているのだった。

三上に躊躇《ちゅうちょ》が起った。これがまるきり知らない男だったら、山中を予定通り呼び出すところだったが、口髭の男は客として一時間も乗せているし、その間にはいろいろと話も交した。ちょっと迂闊《うかつ》なことが出来ないという感じが彼の予定を怯《ひる》ませたのである。

三上は自然とその口髭の男が何者かと考えるようになった。山中はどうやら都庁の人間らしいから、口髭の男も都庁の職員かもしれない。あの顔つきと、年輩から推して、或いは山中の上役ではあるまいか。

もしそうだとすると、山中はあの殺人事件にいよいよ関係がありそうである。なぜなら、眼前の秘密めいた話振りをみても、その善後策の打合せのようにも考えられるからだ。もし普通の話だったら、あの「クラウゼン」で酒を呑みながら、公然と談笑するのが自然だ。それをわざわざこんなうす暗い喫茶店に伴れだって入り、両人でこそこそと相談しているところなど怪しいといえばいかにも怪しい。

三上は、さて、自分はこれからどうしたものかと、喫茶店の表に立って思案した。

4

運転手の三上がその喫茶店の表で、入ったものか、ここで待ったものか、と迷っているうちに、ドアのガラス越しに、例の山中という男と、口髭の男とが席から起ち上るのが見えた。

三上は入口から離れたところに立った。

やがて、ドアを押して山中が先に立って喫茶店から出て行く。二人は肩をならべて三上の立っているところとは反対のほうに歩いた。その方向がバー「クラウゼン」だった。

三上は二人のあとを尾《つ》けた。二人は屈託のなさそうな様子で、何やら笑って話している。密談が喫茶店で済《す》んだからであろう。

ところが、バーの入口まで来ると、口髭の男が立停って山中と別れるような様子になった。山中はしきりとバーへ誘っているが、口髭の背の高い男は笑いながら首を振っている。到頭《とうとう》、二人は別れて、山中だけが「クラウゼン」のドアを押した。

三上は、どちらを追ったものかと瞬間に迷った。

しかし、本命は山中だから、やはりこの男だけを追うことにした。

三上は、山中が店の中に入ったものの、いつ出て来るか分らないのには困った。時計を見ると、すでに十時半になっている。バーのカンバンは十一時半だ。山中が時間までねばるとしても、ここで一時間も待たなければならない。

山中は口髭の男と別れたから、今度は一人で悠々《ゆうゆう》とあのマユミと酒を呑《の》むに違いない。腰を落着けたとなると、カンバン過ぎまでねばるかもしれないのだ。

三上は、自分の車が心配になった。ここで一時間近くも稼ぎをしないでじっと待っているのは辛《つら》い。といって、山中はいつ出て来るか分らないので、うかつに客も乗せられないのである。

三上は迷ったが、結局、今度をおいていいチャンスはないように思われたので、稼ぎのほうは犠牲にすることにした。ただ、会社に帰って日報がブランクになってしまうが、これは、まあ、何とか理由をつけて誤魔化《ごまか》すことにした。

三上は、駐車してある車に戻って灯を消した。車内にしばらく待っていた。眼は「クラウゼン」の戸口から放さなかった。ドアを煽《あお》って出ていく客があると、その姿を注意した。

するると、一時間も経たないころだった。ネオンの光っている看板の下を背の低い男が出て行く。間違いなく山中だった。

三上はアクセルを踏んで、すっと彼の前に近づいた。山中がほかのタクシーを拾ったら、これまでの苦心が何にもならなくなる。

山中は、自分を待っていたようにすっと寄って来たタクシーを見て、ちょっと怪《け》訝《げん》そうな顔をしていたが、座席のドアに手をかけた。

「どちらへ参りますか？」

運転手として三上が訊くと、

「大森のほうにやってほしいんだがね」

「へい、承知しました」

三上は、つづいてマユミが来るのかと思って、

「ほかにお客さまは？」

「いや、ぼく一人だ」

「はあ、左様《さよう》で？」

三上は案外な気がした。もし、マユミがここに来るのだったら、例の言伝の一件

がバレるわけだが、それは彼にも心組みがあった。しかし、マユミが来ないので、その必要がなくなった。実は山中とマユミが揃うと、この前の一件を追及し、威《おど》かすつもりだった。

だが、これは例の口髭の男という新登場の人物が現われたので、三上もちょっと考えなければならない。そんなことでマユミが現われないのはもっけの幸いだった。大森と山中は指定したが、多分、そこが彼の住所であろう。してみると、今夜はそれが突止められるわけだ。

車の中では、山中はあまりものも言わず、考えこんだようになって煙草を吹かしている。

三上は、こちらから話しかけて様子を探るほかはなかった。

「ダンナは、毎晩、こうして遅くお帰りですか？」

「ああ、そうでもないがね」

「近ごろ、バーの景気はどうなんですか？」

「まあ、いい加減だろう」

「われわれの商売は、一月の末からずっとガタ落ちになりましてね、さっぱりなんです。やっぱり二八《にっぱち》はいけません。それに、夜になってもあんまり人が出なくなりましたね。そろそろ、金詰りの皺寄《しわよ》せがはじまったのでしょうか？」

「そうかも知れないね」

「そこにゆくと、ダンナのようにお勤め人の方はいいですよ。不景気になっても給料は下らないし、景気が好くなればぼくは勤め人に見えるかね？」

「君の眼から見て、やっぱりぼくは勤め人に見えるかね？」

「そりゃ見えます。それも大へん結構なところにお勤めになっていらっしゃるように思いますがね」

こんな話をしかけていくが、山中はあんまり期待したような返事をしなかった。煙草ばかり吹かして、何か考えごとに耽《ふけ》っているようだ。そのうち返事のほうも、ろくすっぽしなくなった。三上は心の中で、山中が思案しているのは髭男との密談と関連があると推測した。

タクシーは五反田を過ぎて、第二京浜《けいひん》国道に入り馬込《まごめ》のほうに向って行く。

「あ、君、ここでいいんだ」

山中が停めたのは、少し脇道に入ってからだった。辺りは雑然とした町並みだが、黒い屋根を越して大きな工場の高い煙突に赤い火が燃えていた。

山中は財布からごそごそと小銭を探し、料金を払って降りた。三上は車をバックさせるような格好をして、山中がどの路に入るかをひそかに見送った。山中はすぐ横の路次にすたすたと消えて行く。三上は大急ぎで車をわきに寄せると、鍵《かぎ》をかけて道の上に飛び出した。

山中の入った路次を続いて追った。この辺はどこも寝静まっていて暗くなっているが、街灯のうすい光で山中の姿が左の角に消えるところを確めた。

三上は大股でそこまで追っかけた。すると、その道の五十メートル先を目的の姿が俯向き加減に歩いて行く。三上は軒伝いにその後を尾行した。また山中の姿が左の角に消えた。三上は追う。この辺はいやにわき道や四つ辻《つじ》が多い。

三上は大急ぎでその角まで走ったが、辻のところにきて思わず眼を剝《む》き出した。山中の姿が本当に消えているのだ。

対手《あいて》から感づかれたとは思えない。山中はこの近所のどの家かに入ったのだ。三上は自分が四つ辻からここまで走ってきた時間を計算した。それは二分とは経っていない。してみれば、山中はつい近くの家に入ったことになるわけだ。が、戸が閉った音も、人間の足音も聞かなかった。

三上は山中の入った家こそ見逃してしまったが、その辺の地形は頭の中に叩《たた》き込んだ。右側に銭湯がある。ここだけはまだ入口のガラス戸に明りが射していた。その二、三軒筋向いに小さな郵便局がある。これだけ目標を覚えていればまず大丈夫だろう。今夜はものを訊くにも近所が寝静まっているから、いずれ出直してくることにした。

山中の家が突き止められなかったのは残念だが、まあ最初の日だからこれはこれで成功といわねばなるまい。三上は車に戻ったが、ふと見ると、前の中華そば屋が店を開けている。三上は空腹を感じた。

「ラーメンを頼む」

三上は侘《わび》しい店のテーブルについた。

客はたったひとり片隅で酒を飲んでいる中年男がいるだけだった。この店もそろそろ仕舞《しまい》かけらしい。

三上はラーメンを二杯つづけて食べた。今夜はいつもより腹が減っていたのである。

「やあ、運転手さん」

気づかないうちに、さっきの中年男の客が横に立っていた。

「あんた、ここまで誰か客を送って来たんですか?」

三上がひょいと見ると、ひどく風采《ふうさい》の上らない安サラリーマンみたいな男だった。

疲れた顔をしている。四十近い年配で、眼の下にも皺が寄っている。

「ええ、そうです」

三上は無愛想に答えた。そのくたびれた風采からして、とてもタクシーの客ではないように思われる。

「すみませんが、わたしはこれから代々木《よよぎ》のほうに帰るのだが、乗せてくれませんか」

「えっ、そうですか」

三上は思いがけない客が拾えて喜んだ。この辺から空車で帰るのを覚悟していたのだ。

「運転手さん」

と車の中でその男が言った。

「今ごろ、この辺まで乗る客は、どんな人ですか？」

「なあに……」

と言おうとしたが、直観的に、山中とは違う人物にした。

「ナニ、銀座から酔っ払いのおじいさんを乗せましてね。なんだか、会社の課長か何かのようでしたが」

「ははあ、年寄なんですか？」

「そうです」

客の中年男は、それっきり黙った。


桑木刑事は代々木でタクシーを降りた。

今夜も例の岩村写真製版所のことを調べに行ったのだ。彼には青酸加里のことが頭から離れない。

まず岩村製版所の内容を調査してみた。

所長は岩村順平といって五十一歳になる。元は製版印刷所の職人だったが、今から十年前に独立していまの仕事を始めてからとんとん拍子にうまく進み、いまでは傭人《やといにん》が二十七名になっている。このうち事務員が四名、外交員が五名で、残りが職人だった。この印刷所の得意先は印刷屋もあったが、そのほか各学校の卒業記念の写真アルバムなど請負っている。このほうが案外実収がいいらしかった。印刷屋の下請けというと、どうしても工賃が安くなる。

所長の岩村順平には、これと思われる怪しい線は出てこなかった。ところが、岩村順平の弟のひとりに、現在都会議員をしている岩村章二郎という人物があるのが分った。岩村章二郎の本職は土建業者だった。

この事実を知って、桑木ははっと思うことがある。

それは、殺された島田玄一が都政新聞の記者だったことだ。都会議員と都政新聞——筋はどうやらこの辺につづいてくるようでもある。

岩村章二郎という都会議員は、評判を聞いてみると、あんまり芳《かんば》しくない。彼は保守党派に属しているが、人物的には紳士的ではないということだった。

というのは、彼もなかなかの利権漁《あさ》りだということだった。しかし、これは都会議員の誰もが多少はそういう傾向があるから、あながち岩村章二郎議員だけを咎《とが》め立てするには当るまい。

だが、被害者が都政新聞で相当悪どい恐喝を働いている事実から、一方に都会議員が浮んだというのは興味があった。しかも、青酸加里をその工程に使用する製版所の弟だというから、桑木もこの事実を知ったときに緊張した。

桑木刑事は、今まで島田玄一の恐喝の対象が都庁の職員とばかり思っていたのだ。だが、もう一つ都議会の議員のあることも重大な要素だ。

ところで、都の職員は、都政新聞のことになると誰もが多くを語りたがらない。彼らは悪徳な都政新聞のあることを認めてはいるが、それを表立って非難することもない。また、他人から訊かれると嫌な顔をして極力言葉を避けようとしている。つまり、都の職員は、都政新聞が都政に巣喰う黴菌《ばいきん》的存在だとは知っていても、何故か積極的にそれに触れることを嫌っているのである。よほど彼らにはこの種の新聞が苦手《にがて》らしい。

都会議員岩村章二郎は、妻（三十七歳）と、男の子二人、女の子一人がある。彼は議員として厚生委員になっている。家庭はまず円満なほうだ。兄の岩村順平は、妻（四十五歳）と、男の子が二人いる。両家の間はうまくいっているらしい。これがこれまで刑事が内偵した岩村兄弟の家庭だった。

5

田村町の殺人事件の捜査がようやく伸び悩んでいるころだった。

こういうときは、被害者の家族について自然と根掘り葉掘り聞くようになる。それは事件発生後にひと通り聞いているのだが、そのとき被害者の家族がいい忘れていたり、あとで思い出したりするようなことが多い。

このときもそうだった。被害者島田玄一の妻トミ子は、訪ねてきた刑事にこんなふうな話をした。

「主人はいつも行先をわたしには言わないで出かけていましたが、そういえば、あの不幸に遭う半年くらい前から、よく三鷹《みたか》のほうに行くといっていました」

三鷹は中央線で高円寺から西へ五つ目である。

「三鷹のどの辺に行くという話でしたか？」

刑事は訊いた。

「それは分りません。用事のことは一切いいませんから」

「誰に会いに行かれたのでしょうか？」

「さあ」

被害者の妻は、それ以上全く知っていないようだった。

しかし、これがかなり有力なものとして捜査本部を活気づかせた。

捜査員は三鷹に行ってみた。

ただ「三鷹に行く」とだけでは雲を摑《つか》むような話だが、捜査員は、被害者が誰かの家を直接に訪問しない限り、人と会うのだったら、多分、喫茶店あたりが利用されたのではないかと推測した。ポケットには島田の写真を入れている。

三鷹の商店街は駅から降りて近い。喫茶店も多い。

しかし、捜査員がその一軒の喫茶店で島田玄一の足取りを摑《つか》むのにそれほど手間はかからなかった。

「たしかに、こんな方がうちに見えたことがあります」

喫茶店は「武蔵野《むさしの》」という名前だったが、女店員が捜査員の出した顔写真を見て証言した。

「たびたび来ていましたか?」

刑事は勇躍して訊いた。

「そうですね、月に三回か、四回ぐらいだったと思います」

「一人でしたか?」

「いいえ、若い女の方と二人でした。どちらかが先に来て待合せていたんです」

桑木刑事は若い刑事からその話を聞いたものだから、早速その刑事と一しょに三鷹に出かけた。

桑木を案内する若い刑事は、だから出直しという恰好である。

「やっぱり被害者には女がいたんですね」

東京から三鷹へ着くまでの長い電車の中で、若い刑事は桑木に言った。

「ぼくが喫茶店の女に訊くと、被害者の島田玄一が先に来て長いこと待ってることもあり、女のほうが彼の来るのを待つこともあったそうです」

「その女というのは、いくつぐらいかね？」

　喫茶店に着くまで、桑木もひと通りの予備知識を持たなければならない。

「二十七、八ぐらいだったといいますがね。これはウェイトレスの観察です」

「きれいな女かね？」

「それがあんまりきれいでないそうです。どちらかというと不縹緻《ぶきりよう》なほうじゃないかと、ウェイトレスは自分が美人だと思ってるせいか、うすら笑いしてましたよ。ああいうところに働いてる女の子は、客の動静に何となく反撥を感じてるんですね」

「つまり、意地悪な眼で見てるわけだな。で、女のほうの特徴は？」

「髪がちょっと縮《ちぢ》れ毛で、ひどく痩せた女だったといいます。でも、背はかなり高く、一メートル六十以上はあると言ってました」

「二人の様子は？」

「いつも坐る場所が決っていたといいます。これは両方が待合せるためかもしれませんね。そして、テーブルに着くと、ぼそぼそ低い声でいつまでも話合っていたと言ってました」

「出るときは？」

「いつも女のほうが先に出て行って、島田がしばらく経ってから伝票を握って金を払っていたそうです。やはり一しょに出るのは女のほうが拙《まず》いんじゃないでしょうか」

「おや、君は面白いことを言うね。なぜ、一しょに出ると女のほうが拙いのかね？」

「つまり、島田のほうはですな、これは家が三鷹ではないから、その辺に知った顔はないと思いますが、女のほうは近所に住んでいると思います。だから二人が別々に出るというのは、女のほうの希望ではないですかな。それから別なところに落合うようにしたかも分りませんね。喫茶店はその待合せ場所ですよ」

それはそうかもしれない、と桑木は思った。女が近所の者だという観察は当っているだろう。

「そのウェイトレスは、その女を知ってるとは言わなかったかね？」

「お客さんとしてしか知らないそうです。ああいう店にいる女《こ》は、三度ぐらい入って来たお客さんの顔は、ちゃんと憶えてるんですね。ですから、島田の写真を見せたときも、すぐにこの人だと言いましたよ」

桑木は眼を閉じて腕組みした。島田玄一とその女との関係が彼の殺しにどのように関連しているか、自分の想像をたぐっていた。

若い刑事はスポーツ紙をひろげていた。大きな活字と、大きな写真とがでかでかと載っている。活字はオープン戦の始まりを報じ、阪急の杉山が3ランホーマーを打ったことが、まるで宇宙船打上げに成功したようなショッキングな見出しでついていた。こういう記事が若い人の胸を躍らすのかもしれない。スポーツ紙といえば、ほとんど出勤途上のサラリーマンが夢中になって読んでいる。惰性的で無気力なサラリーマン生活にとっては、こういう衝撃《しょうげき》的な記事が一つの刺激になっているのかもしれない。

ようやく三鷹に着いた。

その喫茶店は、駅前の広場を過ぎて商店街のほぼ真中あたりにあった。この辺では大きな店なのかもしれない。

桑木刑事は若い刑事と一しょにコーヒーを頼んだ。

「君々」

若い刑事はもう一人のウェイトレスを呼ぶように頼んだ。その子は間もなくやって来た。

「まあ、ここにお掛けなさい」

若い刑事は、二十歳《はたち》ばかりの顔の小さい女に笑いかけた。少女も二人の身分を知っているので、眼を伏せて向い合せに坐った。

「どうも、今度はご協力を有難う」

桑木は若い刑事に代って礼を言った。

「大体のことは聞きましたがね。今日は少し詳《くわ》しくあなたから聞いてみたいんですよ」

客馴れをしているだけに、その女の子は眼を大きく開いて桑木を見たままこっくりとうなずいた。

「その二人は、いつごろからこの店に来はじめましたか？」

桑木は質問をはじめた。

「そうですね、半年くらい前ですわ」

女の子は正確な答えを考えるようにして言った。

「半年前ね。最近は、いつごろまで来ていましたか？」

若い刑事は、むろん、男のほうが殺されたとは言っていない。

「そうですね、ここんとこちょっと見えませんわ。ふた月くらいでしょうか」

ふた月というと、島田玄一が殺された一か月半くらい前ということになる。

「その二人は、一か月のうち、どのくらいの回数でこの店に来ていましたか？」

「一週間に一度くらいだったと思います」

「すると、四度ですね。一週間に一度というと、二人の逢《あ》っている日は決っていましたか？　たとえば、それが何曜日に当っているとかいうようなことです」

「よく憶えていません」

しばらく考えてから女の子は言った。

「二人は、大体、何時ごろにここで落合っていましたか？」

「夕方ですわ。六時ごろか七時ごろでした」

「それより早い時間か遅い時間に逢っていたということはありませんか？」

「そうですね、遅い時間はあまりありませんが、昼の二時か三時ごろが三、四回ありました」

「二人はここで待合わせて、どのくらいいましたか？」

「四十分くらいですわ」

「四十分というと、ずいぶん長いですね。何か話があったんですか？」

「ええ、いつも女の方がぼそぼそと話してらっしゃいましたわ。男の人はそれを訊き返したり、訊《たず》ねたり、そんなふうに見えましたか？」

「二人は恋仲のように見えましたか？」

「わたしにはそう映りました。だって、何となく人目を憚《はば》かるようにしてらっしゃるんですもの。とても仲がよろしゅうございましたわ」

「その話の内容ですがね、どんなことを言っていたか憶えていませんか？　たとえば、あなたがお茶を運んで来るとか、通りがかりに話声をちらりと耳にするとか、そういうことがいろいろあるでしょう？」

「それはさっぱり分りません。わたしがお茶を運んだときでも、今までつづけていらした話が急に中止になるんですの」

「なるほどね。もう一つ訊きますが、その女の人の顔つきを詳しく聞かして下さい」

「頭の髪は少し縮れ加減でしたわ。年配からいうと二十七、八ですけれど、もうちょっといっているかもしれません。痩せた方で顴骨《ほおぼね》がでて、長い顔でした。眉は濃く描いていらしたから、きっとうすいのかもしれません……」

彼女は一つ一つその特徴を思い出すようにして述べた。

「鼻はわりと高いほうです。口は少し広いほうでした……」

「すると、あんまり美人じゃありませんな？」

「ええ」

女の子はくすりと笑った。

「背が高かったそうですね。それは痩せてるからそう見えたんじゃないですか？」

「いいえ、一メートル六十五はたっぷりありましたわ」

「ここへ来るときその人は和服ですか、洋装ですか？」

「両方です。着物のときは、わりと地味な柄でしたわ。洋服のときは、大ていグレイのツーピースでした。ハンドバッグは、和装のときも洋装のときも同じで、黒い革で、デザインも大分旧《ふる》いようでした」

女の子だけに、そういうアクセサリーにはよく気がついているとみえる。

「すると、まあ、地味な感じですな。もしかすると、奥さんという感じはしませんでしたか？」

「さあ」

女の子は初めてその質問で考えた様子だった。

「そうおっしゃると、そうかもしれませんね」

「というのは？」

「ずいぶん落着いた方でしたわ。独身の方なら、もう少し派手な物をお召しになるかもしれませんし、どこか浮き浮きした調子があると思うんです。いま、そうおっしゃられてみると、こっそりと男の方に逢われるのは、何か隠れたようなところがあったし、様子もどことなく沈んでいるようでした……あ、そうでした。一度だけですけれど、その方が男の方に何やらいっているときなど、ハンカチを出して眼に当てていらっしゃいましたわ」

「泣いていたんですな」

桑木も若い刑事と顔を見合せた。

「で、その女の人は、この土地、つまり三鷹辺に住んでいるような感じはしていませんでしたか？」

「ええ、それはありました。むしろ男の方のほうが、都心のほうからわざわざここまで来ていたという感じでしたわ」

その観察は当っていると思った。

「その後、というのは、つまり、最近二か月ばかりここに来なくなったそうですが、この店でなく、ほかの所でその女の人に遇《あ》ったことはありませんか？」

「いいえ、ありません」

「あなたは、その女の人に出遇ったら、すぐにその人だと分りますか？」

「そりゃ分りますわ」

「それでは、今度、その女の人を見かけたら、悪いけれど、ちょっと報《し》らせてくれませんか。ぼくはこういう者です」

桑木は名刺を渡した。

6

島田玄一に女がいた。——正確にはそれが彼の情婦かどうか分らないが、とにかく、三鷹あたりまで出かけてこっそりと喫茶店で女に逢ってるといえば、まず、普通の仲ではない。それも半年ぐらいつづいているというのだった。

女関係については、捜査本部も一応島田玄一の身辺を洗っている。だが、彼には特定の女はいないというのが今までの段階だった。といって、彼がその方面できれいだったというのでは決してない。

島田玄一はかなりの酒呑みだった。それで、新宿裏や渋谷《しぶや》あたりの呑み屋やバーによく出入りしている。これは彼が都庁新聞記者時代からつづいているのだが、女のほうでは行当りばったりで、その場限りで済ませてしまうほうだった。

特に深い関係がつづいているという女はなさそうである。

だが、それが三鷹となるとまた別だ。島田はそんな方面に隠れた女がいたのかもしれない。

桑木刑事が三鷹というのを案外重視したのは、それが立川に近いということからだ。もちろん、立川にアメリカ軍の施設があるからである。

桑木はまだ例の卌の本当の意味を摑んでいない。前に進駐軍関係の仕事を受持ったことのあるという或る刑事の話では、アメリカ人は員数をかぞえるのに5の単位として卌を日本人の書く「正」に当てているという。これをほかの進駐軍関係の人間に確めてみたが、間違いはなかった。

ただ、どういう理由でこの符号が彼のポケットに入っていたのだろうか。

もし、推理小説的な興味を起すなら、島田玄一の殺害が五番目の殺人という意味だろうか。まさかと思う。前の四人がまだ表に出ない連続殺人事件とすると、古い探偵小説なら、この辺から読者を引きずりこむところであろう。

桑木は、しかし、卌を現実的な面で追っていた。

それは、例の青酸加里のことから岩村写真製版所が頭にこびり付いているからだった。

（もしや、これは、印刷関係の符牒ではあるまいか）

彼はそう考えついたものだから、その意見を捜査本部の会議のときに言ってみた。

それは面白いということになり、刑事たちは手分けをして聞込みにかかった。

言い出しっぺの桑木も、もちろん、印刷屋を当った。

彼が行ったのは、大きなところとして市ケ谷のD印刷株式会社と、町の印刷屋として神田の或る写真製版所を訪ねてみた。

「さあ、こんなものは知りませんね」

とD印刷会社では工場の製版主任が出てきて首を傾けた。

「わたしもこの仕事を三十年ほどやってるが、製版屋はこんな符号は使いませんよ」

町の印刷屋も同じ返事だった。

「こんなもの見たことありませんね。第一、印刷屋にはそんな符牒は要りませんからな」

「お宅では青酸加里を製版材料に使うでしょう。あれは劇薬だから、その符牒として、こういうものを使ってるほかの業者があるんじゃないでしょうか？」

「いや、そんなことはないでしょう。うちだって青酸加里にはちゃんと〝青酸加里〟と書きますからね。うっかり符牒で書くよりも、そのほうが安心しますよ」

と笑っていた。

桑木の失望は、そのことを聞込みに回った刑事たちの徒労でもあった。

答えは同じなのである。

その矢先に三鷹の「女」が出て来たので、桑木は、地理上、立川にすぐ考えが走ったのである。やはりあの符牒はアメリカ人のものだという元の考えに戻ったわけだ。

三鷹の喫茶店を桑木が訪ねてから三日目だった。

捜査会議は毎日夜の八時ごろからはじまる。その日に捜査員が外から得た材料を出し合って、捜査方針を反省したり、新しい方向を決定したりする。

その席上だった。桑木は電話だと言われて椅子を起った。

「桑木さんですか？」

若い女の声だった。

「わたし、〝武蔵野〟の岡田です」

武蔵野というのでちょっと分らなかったが、ああ、そうだ、あの三鷹の喫茶店の名前だと気づくと、あのとき会ったウェイトレスが頼んでおいたことを報らせてくれたのだと桑木は胸を躍らせた。

「この前の女の人ですが」

　と彼女は言った。

「今日、わたし、遇いましたわ」

「えっ、どこで？」

「やっぱり三鷹の近くなんです。あなたから頼まれたので、わたし、その人のあとを尾《つ》けて行ってみました……」

　電話では十分な話ができない。桑木は若い刑事と一しょにその場から三鷹に直行した。

　喫茶店「武蔵野」のドアを押すと、この前の女の子が桑木を見て、自分からいそいそとボックスに案内した。十時過ぎなので客も少くなっている。

「さっきは電話を有難う」

　桑木は礼を言った。

「いいえ、お役に立ちますかどうか」

　女の子は、問題の女客を偶然に見たという話を少し弾んだ声で言い出した。

「三鷹の駅前を歩いていたときなんです。その女の方が買物籠《かいものかご》を提《さ》げて、バスの停留所で待っているのを見かけましたの」

「ちょっと。そのときの服装は？」

「この店に来ていらしたときと同じですわ。地味なスーツでした」

「その女は一人でしたか？」

「お伴れはありませんでした。今日の午後三時ごろでしたわ。わたしはお店へ出るのは遅番の四時でしたけれど、少し遅刻してもいい覚悟で、そのバスの停留所にならびました。向うではわたしってことに全然気がつかないんです。それに、たくさんお客さんが待っていましたから」

「バスにも一しょに乗ったわけですね？」

「ええ。バスは清瀬《きよせ》行でした」

「その女はどこまで行ったんですか？」

「三鷹から五つ目の停留所で、楠林《くすばやし》という名前でした」

「あなたも一しょに降りたんですか？」

「降りました。その辺は淋しいところで、昔ながらの農家がかたまっています。でも、そのほかに新築の住宅や、少し先に行けば団地もあったりして、ばらばらですが、田舎道を行けば、わりと人家のかたまったところが散在してるわけです」

「なるほど。で、その女はどっちのほうに行ったんですか？」

「残念ですけれど」

岡田という女の子はここで元気をなくした。

「わたしはこのお店にあんまり遅刻しても悪い気がして、それ以上尾けて行くことができなかったんです。でも、その方が停留所から歩いて行く方角だけは分りましたわ」

こう言って彼女は簡単な略図を書いて見せた。

「ですから、その方が入った家は見ていません。停留所から先のほうには、いま言ったように新しい住宅や、もっと先に行けば団地があったりして、そこまで歩いて往復すると、とても遅くなりそうなので、それだけで諦《あきら》め、恰度、三鷹行のバスが来たので、それに乗りました」

「いや、それだけでも大分参考になりました。どうも有難う」

桑木は彼女の厚意を感謝した。

「それで、バスから降りたときも、その女の人は一人でその道を行ったんですか？」

「ええ、一人でしたわ。ほかにも勤人風の方や、奥さん方も降りられましたが、その女の人は誰にも顔見知りがないとみえて、挨拶もなさらず、一人でずんずん歩いて行ってました」

「さっき、買物と言ってましたね？」

「ええ」

「何を買っていたか分りませんか？」

「それは分りますわ。買物籠は網が透けてますもの。一つは新聞に包んだものですが、竹の皮の端が見えていましたから、あれは牛肉だと思います。もう一つは果物でしたわ。リンゴが三つと、ネーブルが二つばかりでした」

「そうすると、その人は少い家族かな？」

肉の量が少かったというので、桑木はそう言った。

「ええ、でも、家族というよりも、今晩お客さまを呼ぶつもりじゃなかったでしょうか。肉と果物を考えると、どうもそんな気がしますわ」

「なるほどね」

やはり女の直感でそういうふうに考えるのだろう。

桑木も彼女の説には賛成だった。その女がいつも逢っていたという島田玄一はすでに死んでいる。だから、女が客を呼ぶとすれば、一体、誰だろうと考えた。もちろん、島田ばかりが彼女のつき合いではなかっただろうが。

その晩、桑木は一応引返した。夜だと寂しい場所では何も分らないに違いない。

翌《あく》る朝、桑木はちょっと捜査本部に顔を出しただけで、若い刑事を伴れて、昨夜、「武蔵野」の女の子に聞いたところを実地に見ることにした。この若い刑事とは、桑木はいつの間にかコンビになっている。

「重枝君」

桑木は、電車に乗ると、年下の同僚に言った。

「われわれは、絶えず無駄《むだ》骨をしているんだな。それに挫《くじ》けてはならないのだ。無駄骨を重ねることで、やっと一つの手掛りらしいものにぶっつかることがある。たとえ、当らなくとも、同僚たちが同じような骨折損を重ねたあげく、そのなかの誰かが有力な筋を摑んでくるんだ。それでいいんだよ。捜査というのはチームワークだからね」

三鷹の駅に下りて、バスの停留所に立った。なるほど標識は「清瀬行」になっている。ひどく明るい色に塗《ぬ》られた車体のバスがきた。

「楠林という停留所がありますか？」

「ございます」

二人は車掌から切符を買った。

三鷹から十五分くらいだった。辺《あた》りは広々とした野面になっているが、山脈《やまなみ》が裾をぼかして青い色で連《つらな》っている。春がきた感じだ。白い富士山が見えた。桑木は喫茶店の女の子のかいた略図と現在の道とを照し合せた。広いバス通りのほかに、昔からついている村道と、新しく開けた新道とがある。辺りは旧い農家がかたまっているが、最近の分譲地ブームで洒落た新しい家もかなり見える。

枯れた畠を隔《へだ》てた遠いところには団地アパートの白い建物も見えている。

桑木は女の子がいった新道に向った。

「気持がいいですな」

と若い重枝が深呼吸して言った。

「都心からくると、まるで空気が違いますな。味がついていますよ」

天気がいいので、どの家も蒲団を干していた。そこは、一昔前の言葉だと文化住宅というのだろう、三十軒くらい几帳面《きちようめん》な規格で建っていた。

二人はそれとなく家のほうを眺めて道を歩いた。この場合、あんまりじろじろと立ち止って見るのは禁物なのだ。ちょうど家探しか、土地を探しにくる人間のようにみせかけた。

「分らないね」

桑木はどうも違うような気がする。ここに住んでいる人たちはかなりな収入で安定した家庭のようだ。しかし、島田玄一と逢っていた女は、感じとしてはもっと不安定な生活環境にいるように思えてならない。わずかな牛肉と果物とを買って帰ったという地味な身装《みなり》の女には、なんとなく独身者のイメージが浮ぶのだ。

（髪がちょっと縮れて背の高い瘦せた女。年齢は二十七、八歳くらい、顴骨が出て長い顔、眉を濃く描いていたから本来は薄いのかもしれない）

桑木は、喫茶店の女の子の言った特徴を頭の中に叩き込んでいた。今日は暖いので、家の外には女も出ていたが、その顔はなかった。

その道をしばらく行くと、また別な別れ道になる。つまり、分譲住宅地のためにつけられた新道と、昔からの旧道とが交叉《こうさ》しているのだ。辻に破れ屋根の傾いている地蔵堂があった。

「こっちに行ってみましょうか」

若い刑事に言われて桑木はそれを左にとった。この辺りから雑木林が多くなる。桑木のつもりでは、しばらくその辺を歩いて、先ほどの新しい住宅の前を引返して通る考えだった。

「あの喫茶店の女の子があんなふうに言うくらいですから、その女はこの近所にいるんですね」

「いるわけだろうな。まさか、他人のうちを訪問するのに、買物籠に牛肉や果物を詰《つ》める者もいないだろう」

「団地アパートにいるんじゃないでしょうか？」

「あのバス停留所からは少し遠いようだがね。団地だと別な停留所になるんじゃないかな」

古い刑事と新しい刑事とは、そんな話をしながら歩いた。誰とも行き会わない。仕事のことを離れると、これは気持のいい散歩だった。林はほとんど葉を落しているが、路傍《みちばた》には落葉が厚く溜《たま》っているし、青い空に茂っている裸梢の間には小鳥の影が動いている。

「おや」

と重枝刑事が前方を指した。

「あんなところに、きれいな建物がありますね。どうやら病院かな」

何かの療養所かと思って近寄ってみた。

門には「医療法人愛養会　不二野病院」と洒落た看板が出ていた。

「精神病院だな」

二人はその前を過ぎて、今度はこの病院のために作られたと思われる左側の広い道に回った。

「精神病院とどうして分りますか？」

「ほら、塀が高いだろう。なかなか洒落た建物だが、こういう高い塀をつけているのは、やっぱり精神病院しかないよ。だが、清潔そうな建物だね」

二人は振返りながら、また雑木林の間に入った。

うしろで車の音がした。きれいな大型自動車が走って来ていた。避けると、その車は落葉を鳴らしてさっと通り過ぎて行く。黒い自家用車だった。うしろ窓に映っているのは、背の高そうな男が一人で乗っていた。

「病院の人でしょうな。医者かもしれませんね」

重枝が見送って言った。

二人はまたぼそぼそと歩き出した。

第三章　料亭「筑紫」

1

運転手の三上は、例の若い男を東京都庁まで尾けて行った。

ここまでが大へんだった。運転手はまる一日中働いて、午前二時に車庫に帰り、仮眠をして六時から起き、車の掃除や整備をして交替者に引継ぎをする。

八時になって所長の訓示を聞いて帰るのだが、三上は、今朝は少し急用があると言って同僚にあとを頼み、大森に直行した。例の若い男が都の職員なら、きっとバスの停留所に現われると期待したからだ。都庁は九時から始まるから、八時ごろ停留所に姿を現わすはずだった。

このカンに狂いはなかった。本当なら山中という男を見失った裏通りまで行けばいいのだが、万一、行違いになっては困るので、バスの乗客のような恰好をして立った。運転手も車から解放されると、ちゃんと普通の背広になっている。

バスの停留所にはかなりの乗客が待っていたが、二台ほどバスをやり過すと、山中の背の小さい姿が製版所の角から現われた。もちろん、向うでは三上が先夜のタクシー運転手だとは気がつかない。安月給で生活しているような平凡なサラリーマンの一人としか映らない。

三上は山中のすぐうしろにならんでバスを二、三台やり過したのち、ようやく一しょにすし詰めの車内に入った。行先は分っているが、それでも油断はできないので、絶えず山中の背中から離れないようにした。

バスは品川駅に着く。

三上は山中のうしろにくっ付いてホームに上り、山手線の電車に入った。ここも満員だ。山中は途中の駅売りで買ったスポーツ紙を吊革《つりかわ》にぶら下りながら窮屈な姿勢で読んでいる。オープン戦が始まって、巨人の新人投手のことが大きな活字で出ているのを三上は山中の肩越しに偸《ぬす》み読みをした。三上も野球好きだった。

東京駅の丸ノ内側に出た。ここから都庁は目と鼻の先である。ようやく強くなった朝の光りに出勤者の影が長い。山中は途中で出遇う顔見知りの職員と挨拶したり、笑顔を見せたりして、庁内へ急ぎ足に消えた。こうして見ると、なかなか勤勉な勤め人のようである。

三上は背の小さい青年の背中を見つめながら二階に上った。長い廊下を歩き、鉤《かぎ》の手になったところをいくつか曲ると、彼の姿がすっと横のドアを押して消えた。ドアの上には、「衛生課」と黒塗りの板に白い文字が出ている。

三上が廊下のガラス窓越しに部屋の中をのび上ってのぞきこむと、今しも九時十分前で、出勤したばかりの職員がざわざわと席に着いているところだった。山中は一ばん壁際に近いほうの端に坐っていた。

こうして見ると、年齢も若いだけに彼は大した地位ではないらしい。

(あんな男がバーに通い、好きな女と勝手なことをしている。相当金も使うに違いないが、安月給でよくそんなことが出来るものだ。どうもおかしい。あの男、何をやっているか分らない)

三上は、山中が自分で湯呑場から持ってきた熱い茶をふうふう言いながら呑んでいるのを眺めて考えた。

(あの所長の言った殺人現場にタクシーから降りたという男は、あの山中に違いないが、それと彼の荒い金使いとはどのような関係があるのだろうか。そして、この前銀座の喫茶店で遇った背の高い口髭の男は、彼の荒い金使いにどのような関連を持ってるのだろうか)

ここまで確めれば、ほぼ安心だった。彼は窓口を離れて廊下に立ち、恰度、遅れて出勤した中年の職員をつかまえた。

「ちょっと伺いますが、衛生課に山中さんという方はいらっしゃいますか？」

「ああ、いますよ」

その男は忙しそうに答えた。

「わたしの聞いたのは、山中貞雄さんというんですが、衛生課にいらっしゃる方もそういうお名前ですか？」

「山中貞雄というのは昔の映画監督だった人と同じ名だな。うちにいるのは山中一郎です」

「そうですか。有難うございました」

都庁は退庁時間が午後五時だ。それまでこんなところにぼさっと待っているわけにもいかない。それに、今朝は三時に寝て六時過ぎにはもう起きているから、睡《ねむ》くて仕方がない。三上は、一度自分の下宿に帰ってひと寝入りをし、四時ごろになってから改めて出直して山中の帰りを待受けることにした。

この計画も狂わなかった。

三上が再度衛生課の廊下に現われたのは五時前十分だった。例の窓ガラスをのぞいて見ると、退庁時間間際なので、職員たちはもう帰り支度の気分になっている。

三上は、出て来た山中のあとをまた尾けはじめた。三上の考えでは、山中が真直ぐに大森の自宅に帰るとは思っていない。

あのバー「クラウゼン」の女マユミと逢うか、それとも、まだ時間が早いので、それまで映画館にでも入るのかと思っていると、山中は都庁からかなり歩いたところで立停った。

（ははあ、タクシーに乗るんだな）

果してその通りだった。山中が車を停めている。同時に、そのことを察知した三上も少し離れたところであとの車を拾っていた。

山中の乗ったタクシーの行先は三上の予想を完全に裏切った。車は新宿の料理屋の前に着けられたのだ。

看板を見ると、「水たき　筑紫《つくし》」としてある。この辺ではなかなか大きい構えだった。

三上は、山中一郎が宵の口から水たきの料亭に上ったのを見て、これは遅くなるな、と思った。

「筑紫」という料理屋は、新宿の通りに面して、かなり派手な構えになっている。

三上が眺めている間も、自家用車とハイヤーがぞくぞくと乗りつけてきては客が降りる。そのたびに、玄関先に出た女中が賑《にぎ》やかに出迎えるのだった。

　三上は、こんな料亭だと、相当ボラれるだろうと思った。それにしても、山中一郎というのは不思議な男だ。バー遊びをしたり、こういう豪華な（三上には豪華にみえる）料亭に上るのだから、むろん給料などは問題外だ。

　一体、彼がそれだけの浪費金をどこから持ってくるのだろうか。まともとは考えられない。

　衛生課といえば、決して派手な仕事とはいえない。すぐに考えつくことでも、ゴミ取り、屎尿《しにょう》汲《くみ》取《と》りなどの管掌《かんしょう》といった極めて身近な例が頭に泛ぶ。

　そんな課の若い職員が、身分不相応な金を使ったとしても、それは汚職などには結びつくまい。衛生課と汚職とはどうにも縁がなさそうに思えるのである。

　してみれば、山中一郎にはどこかうまい金儲《かねもう》け口があるように思われる。もともと、田村町の殺人事件の現場で、死体の傍《そば》にかがみ込み妙な素《そ》振《ぶ》りをしたという彼の行動が曰《いわ》くありげである。

　警視庁ではその名前の分らない山中を目下探しているのだ。彼の贅沢《ぜいたく》な生活の裏にはどうやら犯罪の臭《にお》いがありそうに思える。

三上は、この前から山中に正面から会う機会がないから、今夜こそ、と思っている。ぐずぐずしているうちに自分の手から逃げられたら、折角のもくろみがフイになる。

三上は山中一郎が出てくるまで料理屋の外に立って待つことにきめた。

だが、いつ出てくるか分らない対手をぼんやりと待つのは、辛抱のいることだった。

彼は料理屋の玄関から少し離れた塀の傍に立った。通りに面しているので車のヘッドライトが絶えず彼の姿に当ってくるが、それがかえって張り込みを目立たなくした。忙しい光景の中にいるほうが紛《まぎ》れやすいのだ。

三十分くらい経ったころ、タクシーが一台着いた。また客かと思って眼を向けると、車から出てきたのは背の高い男だった。玄関の灯でその男の顔が分ったとき、三上は、あっ、と思った。

なんと、例の口髭の男だった。この前、銀座の喫茶店で山中一郎と会っていた男で、自分が高円寺の松ノ木町から「クラウゼン」の近くまで運んだ客なのだ。

息を詰めて見ていると、口髭は「筑紫」の玄関にさっさと背の高い姿を運び入れた。

こうなると、山中一郎と口髭のある男とが完全に結ばれていることは必定《ひつじょう》になったが、一体、あの髭は何者なのだろうか。山中との間には、どうやら「金づくり」の秘密がありそうだ。

だが、三上もそういつまでもそこに立っていることは生理的に不可能になった。尿意を催してくるし、足も痺《しび》れてくる。その辺に腰を掛けようと思うが、そんな場所もない。それに、料亭の明るい障子にはちらちらと人の影が愉しそうに動いて三味線なども聞えてくる。夜の寒い風に吹きさらされて、いつ出て来るとも分らない相手を待っているのがだんだん空疎《くうそ》に感じられてきた。

こんな料理屋に入ったのだから、山中も、髭の男も、すぐに出て来るわけはないと考えた。まず、二時間はたっぷりと腰をすえるだろう。水たきをつつきながら酒を呑む段になると或いはもっと長いかもしれぬ。

そう分ってしまえば、ここに辛抱しているのは意味がなくなる。

ふと、通り越しに向い側を見ると、パチンコ屋の明るい店が映った。

何もしないでいるよりも、あすこでパチンコでも弾《はじ》いたら、時間の経つのが早くなる。もともとパチンコは好きなほうだ。三上は腕時計を見て六時二十五分になっているのを確め、ようやく料理屋の横から離れて通りを歩いて渡った。

三上は百円玉を出してパチンコ屋の女店員から玉を貰った。なかなか大きな店で、機械も六列にずっとならんでいる。玉を弾く機関銃のような音を聞くと、彼の気持も自然と浮いてきた。二時間も余裕があるから、たっぷりと愉しめる。初めの機械はえらく出ていたが、途中で急に出なくなり、すっかり取られてしまった。

七時二十分になっている。まだ大丈夫だ。

三上は玉を買い直した。こうしていろいろな機械を弾いているうちに自然といつもの癖が出て、気持が玉の勝負に奪われてしまった。もっとも、ときどきは斜め向うの料理屋の玄関に眼を向けたのだが、山中と口髭の姿が玄関から出てくるのを見かけなかった。

玉が出ると有頂天《うちようてん》になり、出なくなると取返そうとしていつの間にか逆上《のぼ》せてしまい、気がつくと時計が八時半になっていた。

いそいで店を出て筑紫の二階を見ると、どの部屋も相変らず灯が点《つ》いている。三人の客が玄関から降りて靴を穿《は》いているのが見えたが、山中と髭の姿は現われない。

三上に微《かす》かな不安が起きた。それは、そのあとつづいて五、六人の客が玄関から出て行ったのを見てからである。

もしや、と思った。あのパチンコ屋で二時間ばかり玉を弾いている間に、山中と口髭とは帰ってしまったのではあるまいか。それだと、ここでいくらぼんやり立っていても無駄だという気になった。

三上は思い切って「筑紫」の玄関に歩き、そこに坐っている女中二人に訊いてみた。

「山中さんはまだ帰りませんか？　都庁の山中さんですがね」

女中が眼を見合せて、

「さあ」

と言った。

それは山中を知っているような表情だったが、こういう料理屋の習慣としてうかつに客のことは口外しないのだ。

「あなたはどちらさまですか？」

女中の年増のほうが訊いた。

「ぼくは山中さんの知り合いですがね。たしかにここに来ると聞いていたんですよ。そうだ、二人づれだが、もう一人は背の高い、口髭の人です」

「山中さんとおっしゃるかどうか分りませんが」

と女中は言った。

「そのお二人づれだったら、もう疾《と》っくにお帰りになりましたよ」

「えっ、い、いつですか?」

「一時間ぐらい前です」

三上は地団太踏《じだんだ》む思いで水たき屋を出た。

自分の頭を殴《なぐ》りたいぐらいだった。何のためにここまで追って来て待っていたのだ。なまじ近くにパチンコ屋の店があったからいけなかったのだ。

彼は意地になって翌る日もう一日会社を欠勤することにした。

その日は朝から小雨が降っていた。

三上は十二時前を狙って都庁に行き、衛生課の窓口の前に立った。中をのぞくと、山中が書類か何かを書いている。

「すみませんが、山中さんを呼んでくれませんか」

彼は窓口の女の子に頼んだ。

恰度、十二時になったので、職員たちはばたばたと椅子を引いて昼食のために起ち上っていた。その軽いざわめきのなかから、山中が妙な顔をしながら自分の面会人の横に歩いて来た。

山中は二度も三上のタクシーに乗っているわけだが、むろん、タクシーの運ちゃんなど気をつけていないから、三上の横に来ても怪訝な顔でいる。

「山中さんですね？」

三上は小さい声で言った。

「ええ、そうですが」

「ちょっと、あんたに個人的な話があるんですがね」

「あんたは誰ですか？」

山中は解《げ》せないような表情でいる。

「わたしは三上というもんです。タクシーの運転手をしていますがね」

「タクシーの？」

「そうです。まあ……混み入ったことをお話しなければならないので、いま、少しばかり外へ出ていただけませんか？」

「ここではまずいんですか？」

「いや、ここだと他人《ひと》に聞かれて、あなたのほうが都合の悪い思いをなさるんじゃないかと思いますね」

この言葉が効《き》いたようだった。山中はさっと顔を曇らせた。

三上の顔を調べるように見つめていたが、まだ分らないらしい。分っているのは、自分には初対面のタクシーの運転手が容易ならざる話を持って来たという予感であった。

「出ましょう」

彼ははっきりと応《こた》えた。

二人は肩をならべてモダンな都庁の建物を出た。

「喫茶店がいいでしょうな」

と三上が言った。

「どこかその辺にありませんか？」

「あるでしょう」

山中は低い背の肩をそびやかすようにして言った。それは怒ったような無愛想な態度だったが、内心の不安は隠せなかった。

「どこの喫茶店でもいいんですが、あんまり都庁の人が出入りしないところがいいと思いますよ」

三上の言葉に山中がまたぎょっとしたようであった。

そういう注意を与えたせいか、山中はかなり遠いところまで三上を引っぱって行った。

途中でも、山中は落ちついたところを見せようとして、立ちどまって煙草をくわえた。三上はすかさず、その先でライターを鳴らした。肚《はら》のなかでは対手を嗤《わら》っていた。

2

「山中さん、あなたはぼくの顔を覚えていませんか？」

うす暗い喫茶店でテーブルをはさんで向い合うと、三上は切り出した。

三上はそういったとたんに、多少胸がどきどきしていた。

ああ、こういう言葉を山中に向って吐くために、どれだけ苦労してきたことか。

山中は見知らない運転手の来訪が、彼にとって決していいことではないと予感したようだった。できるだけ平気そうに装っているが、その視線は対手の用事を探るように、ちらちらと偵察的に投げてくる。

「いや、どうも思い出さないな……ぼくが君の車に乗ったことでもあるのかな？」

「ありますよ」

三上は答えた。

「それも、大へんなところでお乗せしました」

「大へんなところ？」

山中の眼が不安げに瞬《またた》いた。

彼は記憶を探っていたが、どうも思い出せないようだった。

「よく分らないね。大体、ぼくらはタクシーの厄介《やっかい》になっても、一々運転手君の顔を見てないからね」

「ご尤《もっとも》です。一般のお客さんはみんなそうですよ。ところが、運転手のほうは印象に残ったお客さんの顔はよく覚えているものです」

「え、ぼくが何か君の印象に残るようなことでもしたかね？」

「山中さん、では、手っとり早く言いましょう。どうも、いつまでも奥歯に物がはさまったような言い方ではあなたも気持が悪いでしょうから」

「…………」

「山中さん、あなたはいま警視庁に探されていますよ」

「なに？」

瞬間、山中は椅子から身体《からだ》を浮かしそうになった。眼を一ぱいに見開き、顔色が見る間に変ってきた。

「それは、君、ど、どういうことだな？」

山中は動揺を見せまいとして、口の端にうす笑いを浮べているが、激しい不安ははっきりと眼で分った。

「あなたは、もう忘れてしまっているでしょうが、ぼくは、いつぞやあなたを銀座のバー〝クラウゼン〟の前からお乗せしましたよ。そうですな、もう一週間以上になりますかな。遅い時間で、バーのホステスさんが一しょでした」

「そうかね」

山中はどきりとして、三上の顔を改めてのぞくようにしたが、次にはさも思い出そうとするように眼を遠くに向けていた。

「そういうことがあったかなア……」

「ありましたよ。たしかに、ぼくがお供しましたからね」

「だが、それがどうかしたのかね。君がわざわざぼくを訪ねてくるほど、それが印象的な行動だったかね？」

「ぼくはあの晩の勤務が終ると、翌る日から身体の具合いが悪くなって、三、四日ばかり会社を休みました。それから病気が癒《なお》ったものだから、しばらくぶりで営業所に出て行ったところ、ちょうど所長の訓辞がありました。いつもだと、所長は車の整備や運転の心得など、くどくどと言うのですが、その日はちょっとしたニュースをぼくらに報らせたんです」

「…………」

「それはですな。警視庁からの手配をわれわれに知らせたのですが、なんでも、ぼくがあなたを乗せたあの晩の同じ時刻に、田村町のビルの角で殺人事件があったそうです。犯人はまだ挙《あが》らないそうですがね」

三上はそう言いながら山中の反応を眼で調べていた。

確かに反応はある。

山中は複雑な表情になって、三上を見据《みす》えているのだった。

「現場に集っていた野次馬のなかの誰かが、タクシーから下りた若い男が死体の傍に屈み込んで腑《ふ》に落ちない動作をしていたと証言したんでしょうね。警視庁ではその男が怪しいというので、いま行方《ゆくえ》を追っているということです」

「…………」

「で、その男を探すには、彼を乗せたタクシーの運転手に手懸《てがか》りを求めているわけでしょう。心当りの者があれば、すぐに申し出てくれと警視庁ではいうんです……ぼくはおどろきましたね。それは、山中さん、あなたのことじゃありませんか」

山中が咽喉《のど》の奥で低く唸《うな》った。

「ですが、山中さん」

と三上はにこにこして言った。

「安心して下さい。あんたのことは誰にも言っていませんよ。むろん、届けてもいませんよ」

「君がそれをぼくに言ってくる意味は？」

山中が初めて訊き返したので、三上は答えた。

「いや、人間、くだらないことで疑いをかけられるとつまりませんからな。ぼくも、その点は他人のことでも慎重ですよ」

山中は返事をしなかった。二人はしばらく沈黙した。

三上は、おや、金をくれるのだな、と思った。山中が上衣の内ポケットに手を入れたからである。

山中は上衣のポケットに手を入れたが、それは紙入を出したのではなく、指先には銀製のライターがつままれていた。三上は、なあんだと思った。

山中は華奢《きゃしゃ》な顔に女のようなほほえみを湛《たた》えている。

「よく知らせてくれましたね。たしか、三上さんとおっしゃいましたね？」

山中はライターの炎に煙草の先を近づけて訊いた。

「そうです、三上です」

「あなたのおっしゃる通り、人間、つまらないことで関わり合いになるのは、意味がないですからな……そうですか、ぼくのあのちょっとした動作が、そんなに警視庁では問題になってるんですか？」

と蒼い烟《けむり》を避《よ》ける窄《すぼ》めた眼でじっと三上を見た。

「そうです。なにしろ、タクシーの営業所の所長が警視庁からの手配だと言って、運転手全部にそれを告げたんですからね」

「どうしたんだろうな？」

と山中は独り言を言って首をかしげている。

「ぼくは君のタクシーに乗って、通りがかりにただのぞいただけだ。そりゃ君も知ってるだろう。あのビルの横に来たとき人だかりがしてたから、好奇心を起して降りて見る気になったことはね」

「ええ、そりゃ、まあ、分っていますけれど」

三上は曖昧《あいまい》に答えた。あんまり向うの言う通りに賛成しても言いくるめられそうになる。

「有体《ありてい》に言うと」

　と山中一郎はつづけた。

「君は車に残って知らなかっただろうが、ぼくは人が死んでいるというので、野次馬の垣を分けて真ン前に行ってみたんだ。すると、恰度酔ったような恰好で人間が仆れている。よく、粗忽《そこつ》な人間が酔払いを死体と間違えることがあるからね。ぼくはそう思って、その仆れている人間の横にしゃがみ、実際の死体かどうか見ただけだ。すると、やっぱり妙なんだな。呼吸をしているように思われない。そこで、もう、ぼくの出る幕じゃないから、あの前を離れたんだ……ただそれだけだよ。それだけでぼくを変な男だと感違いして警視庁が捜すというのは変だね」

　三上は、それが山中の通り一ぺんの弁解だと考えている。この前からいろいろと探ってみるのだが、その言葉を信用するにはあまりに彼の私生活は奇妙だった。

「しかしね、三上君」

　山中は運転手の表情を窺《うかが》いながらゆっくりと言い出した。

「ぼくも公務員だ。都庁の職員だからね……警視庁がぼくを捜しているなら、そりゃ出頭して説明してもいい。そりゃ一向に構わないんだよ。だがね、都庁というところは、とかく、そんな事件に関わりのあるような職員を好まないんだ。そりゃぼくは何んでもないよ。何んでもないが、警視庁がずっと捜しつづけている人間がぼくだったと判ると、上役はあんまりいい顔をしないのだね。そこが普通の会社とは違う。何んというか、やっぱり普通りの役人気質というのだろうか、体面と権威を考えてる役所なのだ」

「…………」

「またいろいろとうるさい噂になってもぼくは困る。とかく、根も葉もないことを言いふらしたがるのも役人根性だからね。それと、都庁の中では庁内紙というのがあってね。これがすぐに記事にするんだよ。材料のないときだから、いいカモだと思って書き立てるかもしれない。まあ、ぼくなんぞはチンピラだから大したエサにもならないだろうが、それにしても、そんなことでぼくの名前が庁内紙に出ると、上役はぼくに冷たくなるに違いない。変な奴がいるというわけで、ぼくの出世も停ってしまう。庁内紙はこわいからね。局長でも、部長でも、課長でも、こういう新聞には怖気《おじけ》をふるっている」

「…………」

三上は山中の弁舌をただ聞いているだけだった。だが、彼の弁解とも説明ともつかない言葉から何かを探り取ろうとしている。

「そんなわけだから、君、ぼくのことは内聞《ないぶん》にしといてくれ。君が今まで他人にしゃべらなかったということを聞いて、大へん有難いと思っている。今後も、どうか、そのつもりで黙っていてもらえないだろうか？」

「そりゃわたしだって余計なことは言いたくありませんからね。ただ、警視庁で捜している人間が、あの晩ぼくの乗せたあなただと知ってるから、それをちょっとお知らせに来ただけですよ。まあ、気をつけて下さい」

「有難う。好意は感謝します」

山中は再度ポケットに手を入れた。今度は本当に財布を取出した。ワニ革の贅沢な紙入だった。山中は指先で札《さつ》を択《えら》んでいたようだったが、結局、千円札二枚を取出した。

「君、これで煙草でも買ってくれませんか」

「いえ、そんな……」

「まあ、ぼくの気持だけですよ」

二枚の千円札が三上の眼の前にきれいに置かれた。

三上が千円札にすぐ手を出さなかったのは、遠慮からではなかった。その金額に不満なのだ。

彼は山中がもっと金を出すものと想像していた。二万や三万は呉れそうだと思っていた。それがたったの二千円である。

山中の肚は、あくまでもその情報を知らせてくれた礼だと運転手には納得させたかったのであろう。余分に出すのは、わざわざこちらの弱味を知らせるようなものだと考慮したに違いない。

三上は居直るべきかどうかを考えた。この前からいろいろと彼の贅沢を探っている。給料の安い都庁の下級職員に出来ることではない。

だが、居直るにしては少々材料不足だった。近ごろの若い者は借金をしてでも生活をエンジョイしているから、そんな場合とも区別しなければならぬ。山中からもっと正確なデータを取らなければ、彼に打撃を与えることはできない。

まず、彼の給料がどのくらいかということ、使っている一か月の金高などを知らなければならない。それには、彼の住所を正確に突き止めて、日ごろの生活振りの詳細を聞く必要がある。また例の背の高い口髭の男の正体も探り出さなければならない。これは大事なことだ。あの男と山中とは、必ず何かのことで組んでいる。その何かとは、どうやら正当でない金儲けにつながっているようだ……。

いや、まだある。バー「クラウゼン」でどのくらい山中が金を使っているか、マユミというホステスにどれほど入れ上げているか、「クラウゼン」に行ってマネージャーやボーイに当ってみよう……あ、そうだ、もう一つある。新宿の水たき料理屋「筑紫」だ。この前張込みをして観察したが、山中にしても、口髭の男にしても、一しょに入ったのではなく、別々にあの玄関に現われた。両人はどうやらそこを始終利用しているようでもある。玄関で山中を迎え入れた女中だって、永い間の馴染客に対する親しさだった。ここも一つ調べてみなければならぬ。

昨夜も、単なる呑み食いとは思われない。なぜなら、パチンコ屋で時間待ちをしていたが、両人を逸《いっ》したのは彼らの出て来ようが意外に早かったからだ。料亭に上って飲むとなれば普通は二時間以上はかかりそうなのに、一時間足らずで敵は出て来た。二人がばらばらに入ったことといい、そこで過した時間の意外に短かかったことといい、あれは遊興というよりももっと別な意味がありそうだ……。

三上は、二千円の札を眼の前に置いた一分間ぐらいの間にこれだけのことを考えた。

とにかく、対手は二千円にしても金を出したのだ。それだけに山中に弱点があることははっきりとした。もし、この男に何もなかったら、これぐらいのことで金を出すことはない。そういう意味では二千円といえども大金だ。

つまり、二千円の金を支払ったことで三上は山中の弱点を確信したのだった。

「どうも恐縮ですね」

三上は急に晴れやかな顔で礼を言った。

「折角ですが、こんなには頂戴出来ません」

「どうしてだね？　ぼくはお礼として上げようというんだ。遠慮しないで取って下さい」

「いいえ、ただこれだけのことをお知らせしたのに……」

「君」

と山中は三上の顔を見つめた。

「この前、クラウゼンにぼくを訪ねて来たのは、君だろう？　生憎《あいにく》とぼくはいなかったが、あそこのホステスがそう言っていた」

「あ、どうもすみません。ぼくです。やはりこのことをお知らせしようと思ってお訪ねしたんですよ。あなたがぼくの車にクラウゼンから乗ったので、あそこに行けばあなたにお会いできると思いましてね」

「それほど苦労してぼくに忠告してくれたんだもの、これくらいのお礼は当然だよ」

三上はそれであっさり納めることにした。

「どうも相済みません」

三上が二枚の札を上衣のポケットに突っ込むと、それを見届けたように山中は言った。

「三上君。君はどこのタクシー会社なの？」

三上は少しためらった。こちらの素性はあまり言いたくないのだ。しかし、あとあとのこともある。それに匿《かく》しておくのも妙なものだ。なに、まさかのときは会社を替えればいい。

「青雲タクシーです。営業所は池袋のほうです」

「そう。君の住んでる所も池袋の近くなのかね？」

「まあ、そうです。しかし、汚ない所ですから、他人《ひと》にはあんまり言っていませんん」

「独身かね？」

「ええ。まだ身が固まらないでいますよ」

三上はうすく笑った。

これ以上自分の身許《みもと》を言いたくないので、彼は起ち上った。

「どうも有難うございました」

「いや、ご苦労さん」

山中一郎は椅子から起たないでいる。まだここにねばっているつもりなのだ。三上だけが喫茶店を先に出て行った。

表へ出ると、今まで暗い店の中にいたので、外の明るさが急に眼に沁《し》みてきた。しかし、三上の心の中にもこの明るさが射し込んでいた。


喫茶店に山中が居残ったのは理由があった。彼の知った人間がそこにいたからである。運転手の三上が店を出て行くと、その男が今まで坐っていた別の椅子から起って、山中の前にぶらぶらと寄ってきた。

「何んですか、今の男は？」

彼はそう言いながら椅子を引いて山中の前に腰を下ろす。
二十七、八くらいの、ずんぐりした男だった。円《まる》っこい顔に細い眼とちんまりとした鼻とがある。血色がいい。
服装には気を配る性質《たち》とみえ、上衣の色も、ネクタイも、靴も同じ色調で統一がとれている。茶系統が好みらしい。横に置いた手提鞄《てさげかばん》まで茶色だった。

「なあに、この前、君の店にぼくのことを訊きに来たという運転手だ」

山中は少しほほえみながら説明した。

「ああ、やっぱりそうですか。店の者から聞いていましたよ」

男はバー「クラウゼン」のマネージャーをしている羽根田昌一という名で、バーテンあがりだった。

「ぼくが来たとき、そうじゃないかなと思いましたよ」

羽根田が言った。

「君がここに入って来たのをぼくは知っていたよ。そいじゃ、ぼくが金を出したとこまで見ていたわけだな？」

「見ました。どうしたんですか？」

「うん、ちょっと面白いことがあってね」

山中一郎は新しい煙草を口にくわえ、頬《ほお》をすぼめて烟を吸った。

「この前からぼくを探していたというんだ。君の店に行ったのもその一つらしい」

「なるほど」

「いま初めて会ったわけだが、警視庁でぼくを捜していると知らせてくれたんだよ」

「警視庁で？　どうしたんですか？」

「面白い話だ。この前、君のところに呑みに行って、マユミと二人で帰ったとき、あの男の車にぼくが乗ったらしい。顔はおぼえていないが、向うでそう言うんだ。それはまあいいが、例の男が田村町のビルの角で殺されたのがその時刻でね。正確に言うと、通りがかりに人だかりがしていたから、ぼくが見に降りて死体までのぞき込んだんだよ」

「………」

「それを、君、誰かが警視庁に言ったらしく、妙なことをする奴がいたというわけで、都内のタクシー業者に警視庁から手配が回り、その客を乗せた運転手は申出てくれということになったらしいな」

「今の運ちゃんは届けなかったんですか？」

「届けない代りに、そのことをぼくに知らせてくれた。どうせ金欲しさからだろう。警視庁に届けても一文にもならないからね」

「二千円がそのお礼ですか？」

「まあ、そうだ。少し少ないのであんまり喜びもしなかったようだが、余計にやってこちらが悪いことをしたように思われても困るからね」

「なるほどね……何んという運転手ですか？」

「三上とか言ったな。池袋のほうに会社の営業所があると言っていた」

山中一郎はさりげなく説明した。

バーのマネージャーは烟の輪を吹いて聞いていたが、

「あんまり妙な男は近づけないほうがいいですな」

と一言だけ忠告した。

新しく注文した紅茶が運ばれたので、それを機会《しお》に二人の話は変った。

「どうだね、あっちのほうは少しは見当がついたかね？」

と山中がレモンの端を唇にふれさせながら訊いた。

「ええ、やっと話が決りましたよ。なかなか向うもうんとは言わなかったですが、やっぱり金が欲しいとみえ、結局、よそのほうに予定を変えると仄《ほの》めかしたら、承諾しました」

「新しいビルだから、向うも強気なんだな。場所はいいが、地下室だからな。で、やっぱり権利金は二千万円かね？」

「そうです。その代り家賃をまけさせましたよ。三十万円にね」

「とにかく、話がまとまっておめでとう。いよいよ、これから店内の設計だな」

「それも出来ています。優秀な設計屋がいてね。万事、それと相談しながらやりますよ」

「そうか。これで君も人に傭《やと》われずに、一軒の店の、しかも一流の場所でマスターになったわけだね。おめでとう」

「有難う」

「女の子なんかぼつぼつ工作してるの？」

「その手配はちゃんとついていますよ。これで銀座界隈《かいわい》には、バーテンやマネージャーとして十年泳いでいますからね」

「抜け目のない男だから、そのへんは大丈夫だろう」

「そうそう、山中さん。今度の店にはすぐにマユミちゃんは引っぱりませんよ。あれはクラウゼンに残して置きます」

3

運転手の三上は「筑紫」の事情を調べてみたくなった。

山中一郎と口髭の男とがあの料亭に上ったのは、酒を呑みに行ったのではない。

何かの相談がそこで持たれたと思っている。

二人だけの相談だったら、なにもあんな料亭を使う必要はないのだ。もっと安上りの場所でもやれるはずだ。山中と口髭がそこを利用したのは、「筑紫」の経営者が両人に関係しているとも想像できそうだ。――三上はそう考える。

昨日は山中に会って二千円ほど貰った。金額にしてはちっぽけなものだが、この意義は大きい。もし、山中にうしろ暗いところがなかったら、サラリーマンにすぎない彼が無造作《むぞうさ》に二千円を呉れるはずはないからだ。

とにかく、この推定が当っているかどうか、無駄骨でも調べてみようという気になった。

料理屋を調べるのに運転手商売は極めて都合がいい。それは「筑紫」のような料亭には出入りのハイヤー屋があるだろうから、そこから手を回せばいいのだ。三上は「筑紫」の電話番号を調べて、早速、偽装電話をかけてみた。

「はい、こちらは筑紫でございます。毎度有難うございます」

女中のきんきんした声が応えた。

「ぼくは、この前、招待でそちらに行ってご馳走になった者ですがね」

「あ、左様でございますか。どうも有難うございました」

「そのとき、車の中にちょいとした忘れ物をしたんです。ナニ、大したことはないんですが、その車はどうやらお宅に出入りのハイヤーだったように思いますよ。もし、そのハイヤー会社の名前を知らしていただければ、こちらで調べますが、何んという会社でしょうか？」

「それは申訳ございませんでした……わたしのほうには、平和交通さんと、ツバメ交通さんと二つ入っていますが、主に平和交通さんにお願いしています。お客さまがお乗りになったのは、そのどちらかだと思います」

「いや、有難う」

「なんでしたら、わたくしのほうから調べさせましょうか？」

「いや、結構です」

三上はしめたと思った。平和交通なら、自分の知ってる運転手が入り込んでいる。元タクシーの同僚だったが、今はそこでハイヤー専門の運転手になっている。

三上は、早速、平和交通の営業所に電話をして、浦上という運転手が今日来ているかどうかを訊いてみた。

「浦上なら、今日六時で上りになりますよ」

営業所の人は答えた。

「本人は今いますか？」

「ええと、ちょっと待って下さい……」

しばらく待たされたが、当の浦上が電話口へ出た。

「ぼくは三上だがね。しばらく」

「なんだ、思い出したようにかけて来たじゃないか」

「君に少々訊きたいことがあるんだ。いま係りの人から聞くと、君は六時に上るんだって？」

「ここは三日に一度家へ帰れるんでね。今日がその日だ」

「久しぶりに家へ帰れるところを申訳ないが、六時過ぎにちょっと会ってもらえないか。少し話があるんだが」

「ああ、いいよ。どこで会おうか？」

その場所を決めて、三上は電話を切った。

新宿の喫茶店だ。三上はあいにくと出番だったが、その時刻には巧《うま》いこと合法的な乗車拒否をして、約束の喫茶店の前にタクシーを横づけさせた。

店の中には浦上が先に来て待っている。三十過ぎの色の白い男だ。この男は身体《からだ》つきも女性的だし、言葉もやさしいから、ハイヤーの運転手にはうってつけであろう。

「早速だがね」

三上はしばらく雑談したのちに、肝心の用件を言い出した。

「君の会社は筑紫に出入りしているんだって？」

「ああ。ぼくもよくあすこの客を送り迎えするよ」

「そこで訊きたいが、あすこの経営者というのは何んという人だね？」

「経営者はおかみさんで撫《な》で肩の女だ。ええと、名前は、そうそう、今川千代子というんだ。もう三十七、八だが、なかなか垢抜《あかぬ》けた人だよ。元は芸者をしていたという話だが、それだけにちょっと色っぽい」

「そういう人がおかみさんなら、どうせ旦那がいるんだろうな？」

「旦那かい？」

浦上はニヤリと笑った。

「そりゃいるよ」

「ほう。誰だね？」

「こんなことはあんまり言っては悪いのだが、折角だから君にだけは内緒に教えてやろう」

「誰にも言わないから、ぜひ頼む」

「岩村章二郎というんだ。ほら、都会議員の……」

岩村章二郎というのは、三上が調べてみると、本職は土建業者だった。都議会では厚生委員をやっている。

これで三上には一つぴんと来た。都議会の厚生委員会は、都庁の厚生局の仕事をうけもっている。山中一郎のいる衛生課は厚生局の中だ。

これで「筑紫」に山中が出入りするのは理解できた。都庁の役人は議員の機嫌をほどよく取っているという話をよく聞く。特に仕事に関係の深い委員連中とは密接な接触を保っていないと、何かにつけて不便だそうである。

だが、これは上層部の職員のことで、山中のようなチンピラにはこの関係は成立すまい。彼はまだ衛生課のほんの若造にすぎない。

してみると、山中が都議の二号宅に出入りするのは自分の将来の出世のためだろうか。それとも逆に議員のほうが都庁の窓口を手なずけて便利をはからせているからだろうか。これは、都議が実務の面で山中を使っているという感じだ。

では、あの口髭の男は何だろうか。

初め、三上は彼も都の職員かと思っていたが、だんだんそんな感じから遠のいた。山中と始終組んでいるから、衛生課に関係の深い外部の人間であろう。もとより、これには裏で利害関係がありそうだ。さらに、この二人と岩村章二郎議員とはつながっている。

ここまではどうやら見当がついたが、さて、それから先が三上には分らない。

しかし、これだけは言えそうだ。つまり、山中一郎が田村町の殺人現場で奇妙な動作をしたことと、彼らとはどこかで関係がある。山中がなぜそんな妙な動作をしたかは分らないが、少なくとも彼らはその殺人の原因に心当りがあるのではなかろうか。

山中がその犯人だとは考えられない。三上が山中を乗せてあの現場を通りかかったのはその前だし、山中は「クラウゼン」で遊んでいたのだ。マユミとの車内の会話でも、山中にはその殺人が不意だったようだ。それは三上も信じる。

だが、山中がわざわざその死体を確認しに行ったのは山中に、もしや、という心当りがあったからではないか。大事なのはこの「もしや」である。もしや、自分の知っている人間が殺されたのではないかという懸念は、そのような事件が起りうる状態を彼が知っていたことになるのだ。

殺人が起りうる状態を知っていたこと——これは口髭の男も、或いは「筑紫」の旦那である岩村章二郎議員も同様承知の上のようにも思われる。なぜなら、山中と口髭とは「筑紫」に行って岩村と秘密な協議を遂《と》げていたと思えるからだ。

三上は、岩村章二郎という人物が急に出て来たので、気持が少々足踏みした。山中のようなチンピラでなく、今度は「大物」だし、またそれだけに奥が深くなり、少しばかり手に負えない感じになったのである。そうなると、あまりこれに深く突っ込むのも怕《こわ》い気がする。現に人が一人殺されていることだ。うかつな行動は出来ないぞ、と三上は自分を戒しめた。

さりとて、このことをあっさりと諦める気にはなれなかった。

一つはもう少し金が出そうなことと、調べることの面白さが出て来たのである。危険でない程度で自分を満足させるところまで調べてみたかった。

とにかく、山中からもらった二千円ぐらいではどうにもならない。折角ここまで苦労したことだし、そのためには仕事のほうも犠牲にしている。

例の口髭の男の正体も探ってみなければならない。あの男は高円寺の松ノ木町から銀座まで乗せたことがあるから、あの辺に巣喰っていることは間違いない。ただ、この場合は山中一郎と違ってその居住場所がはっきりと分っていないから、張込みも困難だった。

そうだ、これは早いとこ山中の日ごろの暮しを探ってみなければならぬ。こっちのほうは造作なかった。

翌る日、三上は非番だ。

彼は午過《ひる》ぎまで下宿で睡り、午から大森までのこのこと出かけた。山中一郎の家を突き止めるためだった。

田村町の殺人事件には、ようやく捜査本部も焦《あせ》りの色をみせてきた。

被害者の身許が割れると、すぐに犯人の見当がつくのが普通の事件の場合だった。だが、島田玄一が東明新聞という庁内紙で働いていて、そこであまり明朗とは思われない行為をしたことまでは分っているが、それがすぐには殺人動機と直接結びつかないのである。

島田が東明新聞から馘《くび》になった原因は分った。だが、これを掘り下げても、彼の小さな恐喝と殺害原因とは直結が弱い。但し、この一事でも分るように、島田玄一はほかにも恐喝行為をやっていたと想像できる。が、これはどう内偵してもはっきりした筋が摑めないのだ。

ここで桑木刑事は初めて庁内紙の実体というものを知った。

どの庁内紙の記者も極めて薄給だった。月給十四、五万円というのがザラだ。しかし、これでは食ってゆけない。その補塡《ほてん》が彼らのいわゆるアルバイトだった。

アルバイトというのは業者の斡旋《あっせん》である。庁内紙の記者は各部課に顔が利《き》いている。それで業者から紹介を頼まれると、彼を希望の部課に伴れてゆく。ここでは部長や課長に会って、やあ、よろしく頼みますよ、と業者を紹介するのだ。

これは相当に効力があるらしい。職員のほうもむげに記者の顔を潰《つぶ》すと、あとでどんな闇討ちに遭《あ》うか分らないという怕さがあるから、とにかく、一、二度くらいはその業者に仕事を出す。この斡旋の礼金がばかにならないということだ。記者たちの薄給はこういう余禄で補われているので、その庁内紙の社長も社員の行為を大目に見ているということだった。中には薄給をカバーするためにそのことを奨励する悪徳紙もあるという。

その代り、記者たちには盆暮になっても、一銭のボーナスが出るわけでもない。そのへんはお前の腕で稼げという恐るべき「給与体系」の新聞もあるらしい。

こういう状態だから、島田玄一の所属していた、「東明新聞」の社長もあまり詳しくは事情を言いたがらないのだ。

しかし、この辺に島田玄一の殺害原因が伏在しているようにも思われるので、桑木刑事は若い重枝刑事と一しょに「東明新聞」の社長城内豊隆をたびたび訪ねた。

「さあ、わたしのほうは公明正大な新聞ですからね。そんなことは絶対にさせていません」

城内社長は四十五、六の、でっぷりとした体格だった。髪はもう半白《はんぱく》だが、顔色は血色がよく艶々《つやつや》している。切長な眼と、小さな唇を持っていた。それをニヤニヤさせて言うのだった。

「社員でそんなことをしたら、すぐに首を切る方針です。現に島田玄一君に辞めてもらったのは、ある不正行為が分ったからですよ。これでもお分りのように、そういう点は厳正なものです。よそさまは知らないが、わたしの方針としては曲ったことが大嫌いでしてね」

前回に訊きに行ったときもそんなことを言っていた。その後も訪ねたが、返辞はいつも同じである。どうか捜査協力をしてほしい、たとえ少々のボロが出て来ても、捜査本部としてはそれを問題にしないと仄《ほの》めかせたのだが、対手は用心深いのか、何一つ話そうとしない。

その訪問の一回は城内社長の自宅だった。住所は世田谷の成城だが、初めて行ってみて両刑事が愕《おどろ》いたことは社長宅がまことに豪壮だったことだ。庁内紙の社長といってもタカが知れていると思って訪問しただけに、その三百坪余りと思われる敷地に、広い庭園と近代的な建物があるのを見たとき、桑木も重枝も眼をこすった。

庁内紙の売上げだけで、こんな宏壮な家が建つはずがない。都庁のほうから定価以上の「購読料」を貰っていたとしても、この豪勢な建築費の財源になるとは思えない。

すでに部下のアルバイトを見逃しているくらいだから、社長というような大物になれば、もっと大掛りなウマ味があるのかもしれない。

「桑木さん」

と帰り途に重枝刑事は言った。

「もし、被害者の殺害原因が庁内紙記者時代にあるとすると、少し庁内紙のことを調べてみないといけませんね」

「そうだな」

桑木は重い表情で言った。

「庁内紙はむずかしいよ。なかなか厄介《やっかい》な問題だ」

庁内紙をやれば当然都庁内部に関わり合いが出てくるからだ。

そうなると、事件は単なる殺人事件でなく、捜査第二課の領分になる。

「あの社長は、島田玄一がいろいろなことをやってるのを知っていますね？」

「もちろん、知ってるよ。だが、それを目コボシすると言っても、やはりあの社長は何も言わないだろうな。あんまりしゃべると、今後の営業に差支えるからね」

こういう問題が一ばん厄介だった。取引の対手方も牡蠣《かき》のように口を塞いでいるのだ。

しかし、捜査本部に帰った桑木に思わぬ吉報が待っていた。

4

捜査本部に戻ると、本部主任が桑木の顔を見るなり手招きした。

「君、被害者のポケットに入っていた紙片の符牒の意味が分ったよ」

主任は自分の横に桑木を坐らせた。

主任のいう符牒は、卌のことである。

アメリカ人がものを数えるのに、5の単位にしていると判ったものだ。

「やっぱり、外人関係ですか？」

「いや、そうじゃない。あれは精神病院のほうだ」

「精神病院？」

桑木は顔色を変えた。

「精神病院では、患者の症状程度によって、この符号を付ける。つまり、これが一ばん重症なんだそうだ」

「では、被害者は精神病患者ですか？」

「まさか」

と主任は首を振った。

「このマークが診断簿に付いている患者は、病院の中に拘束しておかなければならないんだ。それに、被害者の島田玄一を調べたら、彼は精神病でもなんでもなかったよ」

「では、なぜ、この符号が被害者のポケットに入っていたんでしょうか？」

「分らん」

主任は苦《にが》い顔をした。

「あるいは、捜査方針を混乱させる目的で、犯人がわざと入れたのかもしれないね」

桑木の眼には、武蔵野の雑木林の中に建っている美しい病院が映っている。昨日、若い刑事の重枝と一緒に見てきたばかりだ。

「この符号の本当の意味は、まだ決定ではないがね」

と主任は桑木の思惑に関係なく続けた。

「前には、アメリカ人の習慣にこれを結びつけて考えたが、今度は精神病院だ。しかし、今のところ、どちらも被害者には結びつかない。だが、こういうものが被害者のポケットにある以上、殺しにまるきり無関係とは言いきれないな」

「はあ」

桑木は、よほどあの精神病院のことを主任に報告しようかと思った。だが、少しばかり早い。もっと地固めをして、ある程度の手懸りを摑んでからのことにしたかった。

本部には、他の刑事もまだ戻っていなかった。捜査会議はその日の夕刻に行われるが、桑木は自分のこの考えはまだ口にしないことにした。ただし、若い同僚の重枝にだけは知らせておかなければならぬ。

桑木は手短かに主任の話を取次いだ。重枝も眼をまるくしている。

「偶然でしょうか？」

彼も桑木と一緒に見た精神病院のことを思い出したのだ。

「桑木さん、もしかすると、あの女は精神病院に勤めている看護婦じゃないでしょうか？」

「君もそう思うかい」

桑木はほくそ笑《え》んだ。

「あの三鷹の喫茶店の女の子が言っていましたね。殺された島田とデートしていた女は、不縹緻で髪がちょっと縮れていて、痩せて背が高かったとね。歳も二十七、八ぐらいで……病院の看護婦の感じにぴったりですね」

「うむ」

桑木はうなずいたが、それはいかにもそれに同感だという微笑と一しょだった。

「それから、三鷹駅の前からバスに乗って行った先も、まさに、あの病院と一致していますね？」

「全く一致しすぎている」

と桑木はまたうなずいて、

「ぼくらがあの辺に行ったとき、彼女の家が見つからなかったね。尤《もっと》も最初の一回だから、分らないのが当然だが、いま考えてみると、女がその辺に家を持っていなかったはずだ。看護婦というと、大てい病院に付いている寄宿舎か何かにいるわけだろう？」

「そうなんです。大てい、そんな仕組みになっているようですね」

「だが、ちょっと、待ってくれ。では、彼女はなぜ三鷹駅前まで来て客でも迎えるようなご馳走の仕度をしていたのだろうか。牛肉だとか、リンゴだとかの買物の一件だよ」

「そりゃ、当然ですよ。いくら寄宿舎でも、外からのお客さまぐらいあるでしょうからね」

「そうか。……君、どうする？」

「そうですね。一度、あの病院に当ってみますか。ぼくらはわからないから、あの喫茶店の女の子を連れて行くんです。そして、看護婦の首実検に当らせましょう」

「いいね」

桑木は時計を見て、

「君。もう一度、三鷹まで行って今夜中に片付けるか？」

「しかし、病院のほうはもう閉《しま》っているんじゃないですか。いまごろはその時間ですよ」

「では、明日にするか……しかしね、君。病院は明日でもいいが、喫茶店の女の子のほうは今日でないと、明日では遅すぎるよ。いまから、あの娘《こ》にだけは会いに行ってみるか。承知してくれたら、明日の手はずを決めよう」

「そうですね」

二人は打合せをすませると、続いて開かれた捜査本部会議に出席した。案《あん》の定《じょう》、会議の席では目新しい報告をする捜査員はいなかった。

翌朝の十時ごろだった。

桑木刑事は三鷹の喫茶店の女の子の岡田美代子を伴れて、三鷹駅前からバスに乗って楠林停留所で降りた。今日は若い重枝刑事を精神病患者に仕立てている。尤も医者の診察までに用ずみになれば、その仮病の必要はない。

重枝も今日はそのつもりで、古びた洋服に着替え、少しだらしない恰好になっている。はじめて今朝重枝と顔を合せたとき、桑木も思わず吹き出したくらいだった。

――昨夜、あれから桑木は三鷹に直行して、喫茶店「武蔵野」に入り、岡田美代子と打合せをすませた。とにかく、君の見た女が或る病院にいるはずだから確かめてもらいたいと頼むと、彼女も承知してくれた。今朝も約束通り駅前にちゃんと待ってくれていたのだ。見おぼえの径《こみち》を歩いた。しばらく行くとこの前の小住宅がかたまっている場所に出た。今日も天気がいいので、軒下に蒲団が干してある。

岡田嬢には気の毒だったが、わざとタクシーには乗らなかった。それは、あの女に遭う機会が、バスに乗ったり、歩いたりするほうに確率があるからだ。タクシーでさっと目的地に行くよりも、ゆっくりとした道中に思わぬ収穫が拾えることもある。

雑木林を抜けると、この前、二人の刑事の眼をおどろかせた白い建物が見えてきた。高い塀が伸びている。「医療法人愛養会　不二野病院」の真鍮看板を横眼に眺めて内に入った。なかなか洒落た建物で、前栽の植込みも大きなフェニックスが雄大に葉を拡げている。

玄関を上ると広い場所に出た。その辺りが診察受付や薬を出す窓になっている。看護婦が外来患者の間をうろうろしているのは、病院の風景として珍しくはないが、外来患者たちの中に精神病者がいるかもしれないと思うと、少々奇妙な気持になった。

その辺を通りかかる看護婦に眼をつけたが、みな若く二十歳前後から二十四、五くらいだった。

ここで変っているのは、頑丈《がんじょう》な若者が医者のように白い上《うわ》っ張《ぱ》りを着て歩いていることだった。いわゆる看護人で、狂暴患者を静めたり、護送したりする役目である。この病院の重症病棟はずっと奥のほうにある。

桑木の考えでは、受診者が少い場合、ただうろうろしていても目に立って怪しまれるので、重枝を受診患者にするつもりだったが、こんなに多勢の人が待合室や廊下にいてはその必要がない。問題の女が看護婦とすれば、そのうちいつかはこの辺に姿を現わすと思い、長椅子《ながいす》に腰を下ろして、白衣が通りかかるたびに、注意した。

ほぼ四十分ぐらい待ったが、若い看護婦ばかりで、岡田美代子の記憶にある顔は現われなかった。

看護婦も少し先輩となると、診断室の助手をしたり、治療室に閉じ籠《こも》って若い看護婦たちを指揮したりするから、こんなところに待っていても出てこない場合が考えられる。尤も、時間が過ぎると、その部屋から出てくるだろうから、それまで待てばいいわけだが、それではあまりに時間が長すぎる。

桑木が思いついたのは、看護婦の休憩室や手洗いに近い廊下に行ってみることだった。そこだと部屋に閉じ籠っている看護婦もときには出てくるに違いない。

彼は二人に耳打ちして長椅子から起ち上った。

薬室、診断室、病理室、治療室などといった名札の出ている各部屋の前を通った。

この辺にくると外来者も少くなっている。突き当りが重症患者を収容する病棟の入口らしい。尤も、そこに行くまでに横に廊下が分れていて、別な場所に行くようになっている。

その岐れ道に来たときだった。四、五人の看護婦が向うから歩いてくるのが見えた。先頭に立っている女の背が高い。

桑木の眼が向く前に、横にいる岡田美代子が、あっ、と小さな声をあげた。

先方の女は気がつかない。ちょっと重枝を一瞥《いちべつ》したようだったが、そのまま若い看護婦たちを伴れて通り過ぎた。

「あれだろう？」

桑木は美代子に訊いた。彼女は大きくうなずいた。

三人は急いで引返した。今の看護婦の一群のあとを追うような恰好になっている。

桑木だけは二人から離れて大股でその距離を縮めて行った。

第四章　殺意の衝動

1

運転手の三上は、大森の山中一郎の住まいを突き止めることができた。

この前の追跡で大体の見当はつけたが、そこを中心に訊き回った末、都庁の役人がいる家ということでやっと分った。

そこは、三上がこの前山中を見失った地点とはかなり離れている。むしろ広い道路を中心にして、全く逆の方向だった。三上はあの晩の山中がはっきりと追跡者を意識していたことを知った。いよいよ、あの男、くわせものである。尤も、あのときは追跡者が三上だったとは山中も気がついていないわけだ。古い木造モルタル造りのアパートだった。二階建だが、壁にはヒビが入っている。

「紅葉荘」と門柱に出ていたが、陽溜《ひだま》りにアパートの住人らしいおかみさん連中が三人でおしゃべりをしていた。

今日の三上は運転手服を脱いで普通の背広に着更《きか》えている。明け番だった。

三上はここで生命保険の集金人になりすました。彼は三人のおかみさんたちに話しかけ、まず保険の勧誘からはじめたが、もちろん対手にはされない。そのほうは三上もあっさりと打切って雑談をはじめた。彼は座談が巧い。それにタクシーの運転手をしているから、人の知らない面白い話をいくつも持っている。

おかみさんたちは退屈しているときなので、うまい具合に三上の話術につかまってしまった。

三上はタクシーの運転手の役得をならべた。もちろん、自分がタクシーの運転手だとは言わないが、保険の集金人というものはいろいろな得意先を持っているので、その辺から仕込んだネタだと言い、よろめき夫人が深夜タクシーの運転手を物色してホテルに伴れ込む話などした。すると、中年のおかみさんたちは眼を輝かして聞き惚《ほ》れた。その辺をまた巧い具合に三上が脚色して話すから、三人の婦人は息を呑んだような顔になっていた。

三上はそんなところから入って、ようやく山中一郎の生活振りを聞き出すことに成功した。しかし、彼は決してそれを目的に来たようには気づかせないで、このアパートを借りている人たちで生命保険に入りそうなものはいないでしょうか、というようなことからきっかけをつけたのである。
三上が聞き出した山中一郎の生活振りは、大体、次のようなことだった。
①　山中一郎はこのアパートで一ばん古い住人だ。従って部屋も上等なところを取っている。上等だといっても建物は古いし、家賃もせいぜい三万七、八千円程度だから知れているが、ただ、陽当りのいいことでは彼の部屋が一ばんだということだ。
②　山中の生活は極めて質素である。独身者だから、夜のおかずはその辺の市場から魚を買って来たりしている。朝は目刺《めざし》を焼く臭いが彼の部屋から流れたりする。これは少し三上に意外だった。彼は山中がもっと大きなアパートに住み、贅沢な暮しをしているものと思っていたのだ。しかし、いま聞いたことで逆に山中がいよいよおかしいとも思える。つまり、彼は自分の実際の生活を周囲に気づかれないように、わざと地味に暮しているわけであろう。
③　外泊は多い。独身者だからという点で、これはあまり問題にはされていないようだ。
④　女が訪ねてくるということはほとんどない。ときどき、夜遅く女がアパートの前までタクシーで送りにくることはある、しかし、一しょに部屋の中に入ったこ

とはない。その女が車の中から降りないので、どういう種類の女か分らないが、時刻からして、多分、バーか呑み屋の女と思える。三上はバー「クラウゼン」のマユミだと思った。

⑤　訪問者はほとんどない。山中は孤独な生活とみえて、友達もこなければ、親類といったような人も訪ねてこない。これも山中一郎が自身の秘密を保持するために必要なのだと、それを聞いて三上は考えた。

⑥　山中の部屋には電話はない。だから、夜中によそから電話がかかってくるということはないわけだ。三上は、電話のほうの連絡は、多分、役所の電話を利用しているのであろうと想像した。

⑦　山中の部屋を管理人などがのぞいているが、普通のサラリーマンと同じだ。三上は、山中が自分の部屋だけには電気冷蔵庫、ステレオ、豪華なテレビなどをふんだんに持込んで、部屋もきれいに飾り立てているであろうと想像したが、全く逆だった。しかし、これも以上の点から考えて山中の隠蔽《いんぺい》工作だと思えばうなずかれる。

三上は山中の生活振りを調べてみて、その質素に案外な思いをした。しかし、考えてみると、これが「犯人」の心理としては自然のように思われる。なぜなら、利口な者は決して不自然な生活を他人に見せて不審を起させるようなもとはつくらないからである。

都庁の職員だと、給料は知れている。年齢《とし》も若い。それがステレオを備え付けたり、豪華な部屋飾りをしているほうがおかしい。

いつぞや新聞で読んだのだが、曽《か》つてある役所の公金をつまみ食いした男は、何千万円かの金を懐《ふとこ》ろにねじ込み、女を作ったり、贅沢《ぜいたく》な遊びをしていた。しかし、毎朝の出勤には、役所の遠くで自家用車を乗り捨てて、あとは徒歩《かち》だったという。その男は身装《みなり》も質素だったから、事件が暴露するまで、同僚の中で誰一人として彼の使い込みに気づく者はなかったとのことである。これが本当であろう。

してみれば、山中のアパートにおける私生活が地味なのは意外とするに足りない。その代り、彼にはもう一つの裏があるに違いない。それは大森のアパート生活とは全く逆な贅沢さであろう。

若い男だし、ただ金を溜めているだけでは済まされまい。何かにそれを使っているはずだ。その一つの現われが銀座のバー「クラウゼン」のマユミに入れ上げている彼の姿だろう。しかし、それとても山中のほんの一部にすぎまい。

このことは、山中が必ず何か悪事を働いているという三上の想像からの解釈である。尤も、山中あたりでは曽つてのつまみ食い役人のように大仕掛のものではない。だが、「クラウゼン」での金の費つかい方といい、その財源が不正な手段から得られていることには変りないように思う。

ここで三上は、山中が出入りしている新宿の「筑紫」のパトロンが都会議員の岩村章二郎だということに注目した。岩村と山中とを結ぶのは、岩村議員が都の厚生委員をしていることと、山中一郎が厚生局衛生課の職員だということの事実である。

「厚生」が二人の線のつなぎ目になっている。

言い換《か》えれば、山中は岩村のお蔭《かげ》でうまい汁を吸っているように思われ、岩村も山中の窓口的な便利さを利用して他人《ひと》には言えない金儲けをしているように思われる。

ここまでは運転手の三上にも想像がつくが、さて、それがどのような種類の金儲けかということになると、彼の理解を超えている。

これが土木委員とか、建設委員とか、予算委員といった「金」に縁故のある委員だったら別だが、「厚生」ではどうもそんな途に縁遠いように思われるのだ。そんなところに汚職が発生しようとは思われないのだ。

だが、何かある。こちらには分らないが、何かが匿《かく》されている。

三上は、それを知らなければ自分もうまい金儲けにありつけないと思った。ただ表面《うわべ》だけではこの前のように二千円ぐらいの端金《はしたがね》で追っ払われるだけで、悪くすると、対手《あいて》に軽くイナされて一文《いちもん》にもならないような結果にもなりかねない。それでは折角ここまで苦労して探ったことが何もならなくなる。山中から二千円ぽっち取っただけでは日当にもならない。

では、岩村章二郎厚生委員にはどのような金儲けの途があるのか、それを知りたいと思ったが、三上には適当な知り合いがなかった。また仮りに都政のことに詳しい人間がいるとしても、岩村と山中の結びつきを正しく判断できるような人がいるとは思えない。彼らは他人《ひと》に気づかれるようなヘマな策謀はしていないからだ。

こうなると、結局、自分の手で探し出さねばならないことになるが、三上は、それがどこまで出来るか分らないにしても、とにかくやってみようと決心した。

三上の方法は単純だ。岩村章二郎が「筑紫」の女将《おかみ》の旦那と分っているから、あの料理屋の前で見張りをつづけることである。旦那の岩村は必ず「筑紫」に出入りするわけだから、それを確めて岩村の行先を尾行すれば、何かが出てくるに違いない。幸い、自分は商売ものの車を持っている。対手も車で行動するに違いないので、そのあとを尾《つ》けるくらいはいともやさしいことだし、便利この上もない。

三上はそう決めたが、はたと困ったのは、まだ岩村章二郎本人の顔を見ていないことだった。

「筑紫」の前に張込んでいたにしても、対手の顔が分らねば普通の客だと思って見逃してしまう。まさかあそこの女中に、どれが旦那ですか、とも訊《き》けず、張込みをするからには岩村章二郎の顔を知っておく必要がある。

では、その方法には何があるか。

都会議員は、まず一応の名士だ。新聞社に行けば岩村章二郎議員の顔写真くらいは保存されているだろう。それを見せてもらうのが一ばんの早道だが、ここにも三上は縁故がなかった。知り合いの新聞記者というものがいないのだ。いきなり新聞社に頼んでも断わられるにきまっている。

結局、彼が考えついたのは、極めて普通の手段だが、岩村の会社にそれとなく訪ねてゆき、社長の顔を遠くからでも眺めておく方法だった。

電話帳を繰《く》って調べてみると、「岩村土木建築事務所」というのは、目白のほうにあった。番地を見て、三上は大体の見当をつけた。そこは運転手だから道順を知っている。

三上は都内区分地図を出して番地を調べた。思った通り、目白の駅から江古田《えこだ》へ出る途中の街だった。彼は勇躍して商売物のタクシーを走らせた。商売はそっちのけだ。

現場に行ってみると、少し分りにくいところだったが、表通りから別な横丁に曲ってほど遠くないところに二階建のブロックの建物があった。ちゃんと会社の看板が出ている。三上は「岩村土木建築事務所」の金箔《きんぱく》を捺《お》した重いガラス戸を開いた。

うす暗いところで、昼間でも蛍光灯が天井から下っている。その下に机が六つばかり並び、男の事務員三人と女事務員二人とが対《むか》い合って坐《すわ》っていた。

奥のほうに大きな机があり、そこは白いカバーを張った回転椅子が主のいないままで見えた。横には、来客用の椅子が五つばかり一列に並んでいた。そこが社長の坐り場所であることは一目見て分る。

三上が帽子をとってお辞儀《じぎ》をすると、一ばん手前にいる若い女事務員が振り向いた。

「なんですか？」

鼻が上を向いた女の子だった。

「はあ、先ほど、わたしの車を停《と》められたので、この前で待っていましたが、一向にお乗りにならないのでお訊ねに上りました」

三上は考えていた言葉を言った。

「はあ、誰が停めたんですか？」

女の子はきょとんとしている。

「誰だか知りませんが、この会社の人だそうです。お客さんが乗るからそこに待っていろといわれて今まで待っていたんです」

女の子はほかの事務員たちに眼を向けたが、誰も知らない顔をしている。男事務員の一人が女の子に面倒臭そうに首を振った。

「それはうちではありませんわ。他《よそ》の方と間違えたのじゃありませんか？」

女の子は三上に向き直った。

「いいえ、確かにこちらの方だといわれました」

「でも、誰も頼んだものはいませんよ」

「おかしいですな。確かにここだといって、その人もここに入って行く姿をわたしも見たんですからね。もう三十分もその辺で待たされましたよ」

「でも、うちじゃありませんわ」

「おかしいな」

三上がこんな問答に時間を掛けたのは、実は、正面の社長の机の横の壁に、かなり大きい写真が掲げられていたのを発見したからだった。そこには、モーニングをきた五十年輩の男の半身像がはめられてある。三上は、その写真の人相を頭の中に刻み込むため、必要以上に問答を間のびさせていたのだった。彼の眼は絶えず壁のほうに向っていた。対手の女の子は、焦点の決らない三上の眼を藪睨《やぶにら》みかと感違いしているかもしれない。

「いや、どうも、済みませんでした」

もう大丈夫と思ったから、三上は頭を下げた。

「そいじゃ、ぼくが欺《だま》されたのかも分りません。どうも」

彼は頭を下げて、元の入口から事務室を出た。あとで連中は笑っているかもしれない。

三上の張込みは三晩つづいた。尤も、明け番のときは車が無いので、一日おきに休んでいる。車を持たないでは尾行が不可能だからだ。

彼は岩村章二郎が「筑紫」に来るとすれば、そう早い時間ではないと見当をつけた。料理屋は十時を過ぎると大てい客を送り出す。岩村が来るとすれば、そのころからではあるまいか。そこで、大体、その時刻から「筑紫」の裏口が見える暗い場所に車を停めて、運転台から灯のともっている裏の入口を注視していた。パトロンだから、表玄関よりも裏から出入りするのが普通だと思ったからである。

二晩は駄目《だめ》だった。

三晩目である。十一時近くなって今夜も駄目かと思い、そろそろ商売に取りかかろうかと考えていた矢先だった。

裏玄関の戸を開けて女中が出てきた。

三晩張込みをつづけて分ったのだが、料理屋の裏玄関というのは、表玄関よりも人の出入りが多い。女中や板前のような男たちのほかに、よそから品物を届ける連中で絶えず戸が動いている。殊に座敷がお開きになりそうな時刻になると、客のおごりで女中たちが食べるのか、すし屋が鉢《はち》を運んできたり、そば屋がきたりする。

三上は、おかみさんの顔は一度も見ていない。尤も、どれが女主人かぐらいは風《ふう》采《さい》や様子で見当がつくが、とんと見かけないのだ。こちらは十時前後から一時間だけの張込みだから、運悪くその時間にはおかみが座敷のほうが忙しくて出てこられないのであろう。

さて、その女中は道路へ出て、右左をきょろきょろ見ていた。タクシーを探していることはすぐ分る。

三上は迷った。女中の前に車をすべらせて行くべきかどうか。もし、女中なんかに乗られたらつまらない話だ。今夜は三日目の晩だから、もう少しここでねばる気持も出ていた矢先なのである。

　すると、女中のほうが先に灯を消した三上のタクシーを見つけた。彼女は紫色の前垂《まえだれ》を翻《ひるがえ》して走ってきた。

　女中は運転台のガラスを外から叩いた。

「ちょっと、運転手さん、この車、故障なの？」

　三上は首を伸ばした。

「いや、そうでもありませんがね」

「じゃ、行ってくれない？」

　女中はまンまるい顔をしていた。

「どこまでですか？」

「どこだか知りませんけど、うちの旦那が乗るんだから、旦那に訊いてみて下さい」

「旦那？」

　三上は心が躍《おど》った。やっぱり辛抱強く待ってみることだ。

　彼は一も二もなく車を動かして、格子戸のある裏玄関へ横づけにした。

走り込んだ女中が格子戸を開けっ放したままでいる。半分だけ見えた玄関はやはり洒落《しやれ》た造りになっていた。

待つほどもなく格子戸の擦《す》りガラスに灯を背にした人の影が動いて、中折帽子を被《かぶ》った男がオーバーを着て出てきた。

そのあとから女が一人ついてくる。三上はドアを開けて待っている。

帽子のために顔が翳《かげ》ってよく分らなかったが、車に乗込んだとき、ルームランプの光でちらりと全貌《ぜんぼう》が分った。バックミラーに映ったその顔は、まさしく岩村土木建築事務所の壁に掛っていた写真とそっくりであった。

あとから送ってきたのがおかみだと知れた。三十七、八くらいの、撫《な》で肩の女だ。髪を上のほうにふわりとかき上げ、衿足《えりあし》をすっきりと見せている。細面で、中高《なかだか》な、佳《い》い女だ。眼がぱっちりと黒かった。三上は一瞬の間におかみの人相も見さだめた。

彼はこんな顔のタイプの女が好きだ。

「行ってらっしゃい」

おかみは外から笑いかけ、かたちばかり手を挙げて指を動かした。うしろにいる女中が頭を下げている。三上はバックミラーの位置を直した。男は微《かす》かに首をうなずかせている。三上はアクセルを踏んだ。

街の灯が動き出してから、三上はうしろの客に訊いた。

「ダンナ、どちらへ参ります？」

鏡の中の岩村章二郎は、帽子を前のほうに傾き加減に被っている。通行人から自分の顔を見られたくないような用心ぶりだ。

「田無の方角に行ってくれ」

岩村は陰になっている顔から行先を命じた。

「へい、承知しました」

三上は愛想がいい。

これはあとでいろいろと話をしやすいように気軽い雰囲気《ふんいき》を作ったのだ。

車は青梅街道をまっすぐ西に走った。

「ダンナ、今から田無じゃ随分《ずいぶん》遅うございますね？」

成子坂のあたりに来て三上は訊く。それまでバックミラーを通して絶えずうしろの顔に注目しているのだが、岩村は座席の真中に坐って煙草を吸っているだけだった。

「ああ」

それ以上に答えない。

「ダンナ、田無はどの辺ですか？」

高円寺のあたりで三上はまた訊ねた。

「その辺になったら言うよ」

「へい」

荻窪《おぎくぼ》の街を過ぎると、青梅街道も次第に暗くなってくる。

「ダンナのお宅は田無のほうですか？」

両側に雑木林が見え出した。車もずっと少なくなってくる。

「ああ、いや」

岩村章二郎は何を訊いても言葉少なだった。用心をしているのである。

「ダンナのようなご商売だといいですな。いつも賑《にぎ》やかで。お得意さんも多いようですね。あたしなんぞは始終お宅の前を通りますが、随分、はやっているようですね」

岩村章二郎が口の中で何か言ったが、はっきりと聞えない。

こちらでいろいろと誘いかけたが、全く乗ってこないのだ。

しまいには不機嫌《ふきげん》な様子になっていた。車はいよいよ暗い街道を進む。

田無の街に入って四ツ角にきた。

「君、左のほうへ曲ってくれ」

うしろの声が命じた。

三上は、田無の四つ角から岐れた道を南のほうにとった。暗い道だ。ほとんどが田畑ばかりで、人家の灯といえば、防風林の奥にある農家ぐらいである。それも夜になるとほとんどが戸を閉めているから、微かに洩《も》れている家がある程度。

遠い森の空にはうす明りがある。その辺が武蔵小金井《むさしこがねい》だと見当をつけた。

三上は運転手だから、この道がどこに出るか知っていた。真直ぐに進めば小金井に行くはずだ。このあたりは療養所があったり、ゴルフ場が出来たりしている。いずれも昔ながらの林の多い田園地帯であった。

しかし、客の岩村章二郎はその道を真直ぐに進ませたのでなく、途中から左に岐れた道を指した。これは国道と違ってずっと狭まっている。ヘッドライトの先には藪や木立ちが照らし出されて、三上もちょっと心細くなった。

「まだ、これから遠いんですか？」

彼はバックミラーをのぞいて訊いた。岩村章二郎は座席の隅《すみ》につくねんと身体を凭《よ》せている。

るんですか？」

「もうすぐだ」

やはり無愛想な声だった。

「ダンナ、めったにこの辺には来たことがないんですがね。この道の奥はどこへ出るんですか？」

「たしか、ほかの国道に出るようになっているから、心配しなくてもいいよ」

これが普通の客だったら、運転手も不安になって断わるところだ。まあ、素性の分った男だから、なんとか言う通りにきたのだ。それと、こんな淋しいところに、一体、彼がどのような用事で来たのか好奇心もあった。

道をそのまま進むと、黒い木立ちの間にアパートのような灯が見えた。

「団地ですね？」

「病院だよ」

「へ？」

初めてだから見当がつかない。こんなところにも病院があったのか。

車は落葉や梢《こずえ》を鳴らして進む。やがて門が光の先に浮き出た。

「その辺でいい」

うしろで岩村が停止を命じた。

三上はメーターをのぞいて料金を言い、客が財布を取出している間に建物をしげしげと眺めた。門は扉《とびら》が閉っている。門柱にわびしい灯がともっているが、そのうしろは黒い立木になっている。建物の灯はところどころに、梢の間に暗く見えている。

門柱には「不二野病院」とある。三上は、料金を払ってドアから外に降りようとする岩村に、

「ダンナ、やっぱりここも療養所ですか？」

と訊いた。たしか、この近くには療養所もあるはずだ。

「違う。精神病院だよ」

「へえ」

三上は建物が余計に気持悪く見えた。

岩村は門のほうに歩いてゆく。片方に小さな門扉《もんぴ》があるが、彼はそこに取付けてあるブザーを押していた。

「ダンナ」

と三上は車を回しながら首を突き出した。

「ここでお待ちしましょうか？」

岩村は手を振って、その必要はないと断わってみせた。

三上は車を元の方向に戻して道を戻りかける。振返ってみたが、岩村はまだブザーのボタンを押しつづけている岩村の姿が常人でないように映った。人影のない夜の精神病院の門前で呼鈴を押しつづけていた。

(あの中に彼の身内でも入院しているのだろうか。そのためにこっそり今ごろ訪ねて来るのだろうか。とにかく、昼間だと人目にふれるので、時間外のこんな遅い晩を択んだのだろうか)

三上は車を転がしながら考える。

(今ごろ来れば、岩村はあの病院に泊らなければならない。帰りの車を断わったのはそのつもりだろう。それとも病院のほうから帰りだけは車を出してもらうのだろうか。待てよ。そうなると、あの病院と岩村とはかなり密接な関係でなければならない。第一、今ごろ面会人として訪問すること自体が普通では出来ないはずだ)

三上はようやく国道へ出る二叉路をライトの先に見つけた。

2

田無のほうに走ってゆくと、町に入る前に、突然、道端に立っている二つの男女の人影がライトの先に白く浮んだ。男がこっちを向いて手を挙げている。

三上がびっくりしたのは、それがいつか高円寺の松ノ木町から銀座に運んで行ったチョビ髭《ひげ》の男の顔だったからである。

「これは東京のほうに帰るのかね？」

チョビ髭が窓の外から聞いた。「空車」の赤い標識を出しているので、恰度いいところにタクシーが通りかかったと思っているらしい。

「そうです」

三上はおどろきながらも、なるべく自分の顔を正面から見せないようにして答えた。

「悪いが、ちょっと引返してくれないか。ナニ、すぐそこだ」

チョビ髭は頼むように言った。

「帰り道でなくて気の毒だが、料金ははずむよ」

三上は黙ってドアを開いた。

背の高い男は座席に乗り込んだが、女が外に残っているのを見て、

「君も一しょに行かないか？」

と顔を突き出して誘った。

「でも……」

女はためらいをみせている。三上が横眼で見ると、二十七、八くらいの、痩《や》せて背の高い女だ。黒のオーバーをまとって、顔はネッカチーフで包んでいる。

「どうせ病院で降りたら、この車はここまで返ってくるからね。往復だけ乗ればいい。乗りなさい」

ネッカチーフの女はそれで決心がついたらしく、男の横に乗ってきた。

三上は車を岐《わか》れ道に一旦入れて方向を換えたが、ライトがそこに立っている標識を照らしたので「楠林」という停留所の名前が浮んだ。この辺だけ家数が僅《わず》かにかたまっているが、むろん、どの家も寝静まっている。

「どちらへ行くんですか？」

三上は振返らずに訊いた。ついでにバックミラーの位置も直しておいた。

「真直ぐに行くと路が岐れているからね、それを左に行ってくれ」

さっき岩村章二郎を乗せて行った同じ方向だ。病院という言葉を耳にしたから、やはりあすこに行くのだろう。

それにしても妙な晩だった。こんな場所でこの男に遇おうとは思わなかった。

この男を新宿の「筑紫」の前から乗せるのだったら分るが、こんなところで拾おうとは思いもよらなかった。尤も、行先が岩村の入った病院だから大体のスジは合っている。

三上はうしろの気配を注意した。ルームライトが消してあるので暗くて、座席の両人の動作までは分らない。生憎《あいにく》と前から走って来る車もないので逆の瞬間の照明も全くないのだ。しかしこそこそした話声だけは耳に聞えてくる。

女は男の肩に縋《すが》りついているらしい。耳に入ってくるのは女の咽《むせ》ぶような泣声だった。

チョビ髭の男がしきりと小声で言っているが、何か慰めているらしい。普通の仲でないことは、バックミラーに映る抱き合っている恰好《かっこう》で分る。

三上には初めての女だった。先ほどちらりと見たところでは、バーの女とは思えない。だからマユミのいる「クラウゼン」とは関係がなさそうだ。第一、こんなところから銀座に通う女もいまい。感じとしては女の住居が先ほどの停留所の近くらしく、身装も普段着のスーツの上にコートをひっかけてきたという風情《ふぜい》だった。さっきの停留所では黒いコートの前が割れて、下の青いスカートの一部が見えていた。男が女を乗せたのは、見送りにきた彼女と少しでも一しょにいたいために病院までの往復の車を利用したというところらしい。つまり、今はじまっている抱擁を車内で愉しみたいためだ。

客席で傍若無人に接吻《せっぷん》したり、抱き合ったりする情景は、タクシー運転手の商売をしていれば見馴れている。だからそれには好奇心は動かないが、対手の男が例の男だけに三上はとかく背中に気を取られがちだった。

女は低い声で何か訴えているが、それは半分泣声になっている。話の様子だと、どうやら後悔して男に謝っているような印象だった。チョビ髭はそれをしきりになだめている。

三上は例の径《こみち》までくると左手にとった。ここになると両側が木立ちつづきなので一そう暗い感じになる。

三上はライトの先に照らされた路をたどっているのだが、うしろで猛烈な場面がはじまっているかと思うと気が気でなかった。舌打ちするようなキッスの音まで聞えてくる。

あのチョビ髭め、顔に似合わない色事をやっていると思うと、三上の気持も平静でなくなった。

また精神病院の門が見えた。このとき、男の言葉が一声だけ聞えた。

「今ごろ行きたくはないがね、岩村さんが来るから仕方がないさ」

三上はそれを耳にして、やはり岩村章二郎とこのチョビ髭とは完全な連絡があると知った。すると、あの山中を交えての「筑紫」の出入りはいよいよ推定通りとなる。

では、この精神病院と彼らとはどのような関係があるのだろうか。

しかし、岩村が都議会の厚生委員であることと、山中が都庁の衛生課に勤めていることとはこの病院関係で三上も改めて認識し直した。

チョビ髭は料金を倍ぐらい払ってくれた。

「この女の人をさっき乗せた場所まで送ってくれたまえ」

やはり三上の顔に気づいていないのだ。運転手というものは、こんなふうに客からは盲点的な職業になっている。

「じゃ、帰って早くおやすみ」

チョビ髭は身体《からだ》に似合わないやさしい声を出した。

「行ってらっしゃい」

女にはまだ泪声《なみだごえ》が残っている。

男は車を降りて門のところに歩いて行ったが、むろん、岩村の姿は消えている。彼も岩村がしたように門に付いているブザーのボタンを押していた。

ここで三上は初めて、そのチョビ髭がこの精神病院関係の者だと見当をつけた。さっき、岩村さんが来るから仕方なく行くのだと言っていたが、その言い方こそ病院の関係者の言葉だ。そうなると、このチョビ髭と山中の間もはっきりと分ってくる。今までもやもやとしていた線が、ここで多少はっきりと浮いてきた感じだった。

チョビ髭の住居は例の松ノ木町だ。してみると、この男は岩村と時間を合せてこの病院に落合うつもりだろう。だが、その前に彼だけはあの停留所の近くにある女の家に早く来て、ひと通り愉しんだというところに違いない。女が泣きながら何か言ったり、それを慰めたりしているところなど、なかなか名残りが尽きない風情《ふぜい》だ。

女はそこに車を待たせて男が病院の中に入るまで見送りたい様子だったが、チョビ髭は手を振って早く帰れと言う合図をした。三上は車を元の路に返した。

独りになった女は座席の隅に俯向《うつむ》いている。年増女だが、この暗い通りをたった一人乗せて送っているかと思うと、三上も妙な気になった。しかも、チョビ髭と散々ふざけ合ったあとの女だからなおさらだった。

　女の印象では、どうやら病院の看護婦ではないかと思う。つまり、女の住居がこの病院に近いことからの想像だが、一つはチョビ髭が病院の職員らしいことからも結びつけた。とかく病院の職員と看護婦の間は愛欲関係が多いということだ。

　二叉《ふたまた》の国道に出るまでの両側は真暗い林である。身体を硬くして座席に坐っている女の姿がバックミラーでよく分る。心細そうな様子だった。黒いオーバーの前が少し開いてスカートの裾《すそ》がのぞいているように思える。

　三上はここで急に思いついた。

　この女から、今の男の素性と名前とをはっきりと聞いてみたい。できれば岩村や山中との関係もこっちの見当がつく程度に口を割らせてみたかった。こっちの素性は、女はもとよりチョビ髭だって気づいていない。

　これで四度目の路だから、広い国道に出るまであとどのくらいの距離かは三上にも見当がついている。

　彼は急に闇の中に車を停めた。

　女がどきりとしたように顔を上げた。にわかに夜の木立ちの魔気といったものが四方から車を包んで押寄せた。

女はネッカチーフに包んだ白い顔を上げて、不安そうに運転手を見ている。

三上はここでこの女を威《おど》かすつもりだった。先ほど座席でふざけ合った仕返しでもある。真暗な林の中の路に車を停めたのだから、女の恐怖は分っている。

「どうもエンジンの調子が悪いようです。すみません。すぐ直しますから」

三上はそう断わって運転台から降りた。

女は黙っている。しかし、不安に駆《か》られていることは、その身体が石のようになっている様子で分った。

三上は前部の蓋《ふた》を開けて、懐中電灯でエンジンをのぞきこんだ。むろん、悪いところはない。彼は手の先で故障部分を調べているような恰好をした。

三上はなるべく長い時間をかけた。わざとヘッドライトも消した。光といえば懐中電灯だけだったが、これも座席からは隠されている。車がそのまま闇の奥に融けこみそうである。

突然、女が窓を開けて言った。

「運転手さん、まだなの？」

案外に気の強い声だった。

しかし、三上は、女がわざと気丈夫さを見せているのだと思った。

夜の林の中に車を停められた女は不安で黙っていられなくなったのだろう。

「へい、もうすぐです」

三上は舌を出しながらエンジンをいじっている。これくらい威かしておけば、こっちの知りたいことを少しは吐くだろう。

「何をやってるのよ、こんなところで？」

女は憤《おこ》ったように鋭い声を出した。さっきまで男の膝《ひざ》に凭《もた》れかかって鼻声を出していた女とはまるで違っていた。

わざと弱みを見せまいためかもしれないが、明らかに運転手を軽蔑《けいべつ》した言い方だった。

三上の顔がこの言葉を聞いたときに変った。彼は蓋をパタンと閉めると、車に戻った。懐中電灯を向けて座席の女を照らしてみると、女は眩《まぶ》しそうな眼つきの中にも三上のその行為に怯《おび》え切っている。急に両手で自分の顔を蔽《おお》った。

そのとき、オーバーの前が開いて青いスカートが動いた。

三上は、ライトを点《つ》けないままで急にアクセルを踏んだ。

暗い林が風のように流れた。

三上は仄白《ほのじろ》い路を目当てに猛烈なスピードを出した。車が舟のように揺れた。跳《は》ねた小石が窓ガラスを雨のように叩《たた》く。

女は運転席のうしろにしがみ付いてきた。

「何をするの？　停めて！」

甲高《かんだか》い声だった。余裕を失った恐怖だけの喚《わめ》きだった。三上は自分も狂気のようになっていた。

二叉の路が見えてきた。林が切れて広闊《こうかつ》な夜の野面がひろがった。遠いところにアパートの灯が宙に浮いたようにともっている。スピードを緩《ゆる》めたのはカーブするためだった。

女は咄嗟《とっさ》にドアにとりついてノッブに手を掛けた。三上はハンドルを急カーブに切ってスピードを出した。女は弾かれたように座席に横倒しになった。

ほかに車は通っていなかった。人も歩いていない。仄白い一本の路が三上の目標だった。ライトを消したままだが、危険は覚悟だった。三上の額に汗が滲《にじ》んでいた。

女がチョビ髭と乗った場所とは方向が逆になっている。三上自身にもこの路がどこに行くのか正確には分らなかった。ただ、人家の灯から遠ざかる方向へ目ざした。森が彼の目標であった。

いつの間にか国道から離れていた。路は狭くなり、また車が弾みをつけて揺れた。

速力もそれほど落していなかった。車が転倒する危険は十分だった。三上の眼は猫のように前方に向って見開いていた。

女が三上の肩にしがみ付いてきた。握ったハンドルの手もとが狂い、危うく畠の中に傾きながら突っ込みそうになった。

「停めて！」

女は三上の耳のうしろで叫んだ。

路の両側に木立ちが流れてきた。車は忽《たちま》ち黒い壁の中に突っ込んだ。うすぼんやりと梢の交《まじわ》りが見える。普通見馴れている樹の枝ではなく、生きものの触角のようだった。車の屋根が枝の先を弾いて機関銃のように鳴った。

三上はブレーキを思い切り踏んだ。自分ではその構えになっていたが、それでも胸がハンドルにぶつかった。

「う、うう」

何とも言われない声がして女が座席から床に転び落ちた。

三上はそのままじっとしていた。闇の底から何か聞えている。自分の耳鳴りだった。微かに蟬《せみ》が鳴いているようであった。静寂な地の底から湧《わ》き上っているような感じだ。

三上はポケットから煙草を抜き出した。手で囲って火を点けたが、指先が震えてうまく点かない。落着け、と三上は自分を叱《しか》った。

たっぷり煙草を半分は吸った。眼は絶えず前と左右とに配られた。バックミラーをのぞいた。どこにも光らしいものはなかった。車は完全に孤絶した闇の中に塗り込められていた。

含み笑いのような声がうしろでした。三上は振返った。女が床から座席に匍《は》い上ろうとして呻《うめ》いているのだった。髪とコートとが蠢《うごめ》いている。女の靴が床に音を立てていた。

三上はドアを開けた。瞬間にルームライトがついた。

女は座席の上に上体を起して匍い上り、必死にドアへ取付こうとしていた。青いスカートの端から白い脚が捩《ねじ》れて出ていた。

三上はドアを外から閉めた。またライトが消える。

彼は上等の客を降ろすときのように、車の前部を回って反対側の外へ出た。把手《とって》に手を掛けて左右を見回した。路は隧道《ずいどう》の中のように暗い空洞となっている。

林がそこにあった。仄かに見えるのは近くの樹の幹だけで、その先はどうなっているのか見当がつかなかった。足もとに落葉が積んでいる。

三上はドアを一気に開いた。

女が頭から地面に落ちそうになった。三上の手がその重心を受取った。

「あ……」

女は口を動かしたが言葉にならない。胸を打たれたらしく苦しそうな呼吸をしていた。まず、大声を立てられる危険はない。

ネッカチーフがいつの間にか取れて、白い顔が三上の胸の中に生気を失って傾いていた。

暗さが女の眼鼻立ちをぼかしていた。ぼんやりと眼や口が滲んで見えるだけである。これは最初見たときより女の顔をずっと若く錯覚させた。

三上は女の肩を抱え上げて木立ちの奥へ歩いた。下の落葉が三上のしっかりとした足取りと、女の曳《ひ》きずる靴とで微かな騒ぎを立てた。

3

桑木刑事は午後三時ごろに、大塚の監察医務院の前に着いた。

彼は、ここにもう何度きたかしれなかった。来るたびに、やはり嫌な気持になる。

人間は生れるときは同じだが、死ぬときにはさまざまだ、とは誰かの言葉だというがここほど、それを実感として受取る場所はない。仕事だし、普通の人間のようには感情が起らないはずだったが、この建物が見えてくると、やはり普通の意識に陥る。

が、不思議なもので、この内部に入ってしまうと、その感傷が一どきに消えるのである。黒い車が玄関の前に待っていた。解剖が終った、不幸な遺体が還《かえ》るのである。

玄関前の植込みの葉が青味がかっていた。桑木はちょっと立止って、青い空を仰ぐ。すぐ前の家では、エプロンをかけた奥さんが蒲団《ふとん》を干していた。蒲団に明るい陽溜まりのような眩《まぶ》しさを感じて、桑木は暗い玄関に入って行った。

二階に上ると、遺族待合室に、四、五人の人が沈んだ顔で長椅子にかけていた。

桑木はその前を素通りして、長い廊下を奥へ向って歩いた。

四、五人の医員が坐っている部屋に入り、そのひとりに訊いた。

「解剖はすみましたか?」

医員は時計を見て、

「もう、そろそろでしょう」

「先生はやはり田中先生ですか？」

「そうです」

桑木はそこを出て反対側の階段を降りた。階下《した》が土間になって踏板がならべられてある。解剖室は長い廊下でつながれていた。

入口の横に下駄箱が置いてあって、そこにズック製の靴カバーがならべられてある。桑木はそれを自分の靴に穿《は》いた。ドアを開けて入ると、解剖室だった。

桑木がのぞくと、医員が遺体にかがみこんで解剖のあとを縫合《ほうごう》していた。

白衣の田中博士が眼鏡を光らせてこちらを向いた。

「やあ、来ましたね」

田中博士は下ぶくれの血色のいい顔を笑わせた。

「先生、どうでした？」

「いま終ったばかりです」

桑木は解剖死体に眼をやった。縫合の作業は進んでいるが、身体は白衣で蔽《おお》われている。女の頭が堅い枕の上に載っていた。

痩せた女だ。頬が凋《しぼ》み、顎《あご》が尖《とが》っている。髪がばらばらになっているのは、頭骨をあけて脳髄《のうずい》を調べたあとを元通りにしたからだった。頸《くび》に白い繃帯《ほうたい》が捲《ま》いてある。

これもメスの跡を隠している。

「これを見て下さい」

博士はその白衣の端をめくった。蒼白い身体《からだ》だ。鎖骨がひどく目立ち、肋《あばら》も浮いている。博士が指摘したのは、胸の部分にある痣《あざ》のような暗紫色だった。

「打撲傷ですね？」

桑木はのぞきこんだ。死臭が急に鼻に来た。

「そうです。皮下に鬱血《うっけつ》がありました。何か鈍器様のもので打たれた跡です」

「鈍器？」

「それも棒のようなものではなく、もっと円味《まるみ》のあるものでしょうね。この衝撃で被害者は失神状態に近くなっていたと思います」

「致命傷はやはり……？」

「扼殺《やくさつ》です。いま咽喉《のど》を開きましたから、はっきりと所見に書いておきました」

「対手の男の血液型は判りましたか？」

「A型です。詳しい分析はあとでするがね」

「死後経過は？」

桑木は手帳を出して鉛筆を構えていた。

「詳しい所見はあとで書面で報告するが、死後経過は解剖時より十四、五時間前です」

「すると、昨夜の十二時から午前一時の間ですね？」

小木曾妙子というのが不仕合せな被害者の名前だった。不二野病院の看護婦で、年齢二十八歳だった。病院では薬室係に十年間勤務していた。

桑木はその死体が発見されたとき、まさかそれが自分の求めていた女とは思わなかった。現場に行ったのは、警視庁でも別な班だったが、連中が帰ってきてから話を聞いて、愕然《がくぜん》となったものだ。

桑木はすぐに現場に飛んで行った。死体は取片付けられたあとである。

現場は国分寺に近い雑木林の中だった。国道から五百メートルくらい引込んだ場所で、夜はむろん真暗なところである。死体は、車がやっと通れるくらいの道端から十メートルばかりの雑木林の中に曳きずり込まれて倒されていたのだ。桑木はそのときの模様を検視に立ち会った同僚たちから委《くわ》しく聞いた。

小木曾妙子は外套《オーバー》を脱がされて、俯向きに倒れていた。脱がされた外套が、死体から五メートルくらいのところに捨てられてあった。下は一面の落葉だった。犯人には死体を匿《かく》す意志が全く無く、殺害したままで逃げ去っている。被害者が乱暴を受けたことはすぐに予想できた。

検視のときも、鑑識課員によって死亡時刻が昨夜の十一時半から十二時半と推定されている。解剖と合致している。

下は堆積《たいせき》した落葉が径からそこまで一筋に乱れている。人間を曳きずった跡だった。

ここしばらく天気が続いて道は乾いている。うすくタイヤの跡があったが、それはほかの車のタイヤとも重なって判別は不可能だった。小石が多いこともその障害だ。この道は次の町に行く近道になっている。

「残念でしたね」

若い刑事の黒坂が言った。この刑事も田村町の殺人事件捜査員になっている。

「もう少しのところでこの女から話が取れたのに、思いがけないことになりました」

「全くだ」

桑木は悄気《しょげ》ていた。

「昨夜、この女の名前が分ったばかりなので、今日連絡をつけようと思っていた矢先だった」

「やっぱり、犯人はその気配を察して殺したのでしょうか？」

「なんとも言われない。いま、その方面は重枝君に当ってもらっている」

本庁に戻った。新しい殺人事件の捜査本部は武蔵野署に置かれた。

重枝が桑木を待っていた。

「事務長の飯田勝治のアリバイは成立しました。尤も、危ないところですが」

「ほう」

「彼は昨夜の午後十一時四十分ごろには、不二野病院に入っております。これは、宿直の医員も看護婦も見ています」

重枝はメモを見ながら報告した。

「そうか」

「そのほか、岩村章二郎という都会議員が来ていました」

「なに、岩村？」

桑木はこわい顔になって重枝を見た。

「そうです。看護婦の話では、岩村章二郎と飯田事務長とが二時間ばかり話合っていたと言ってました」

「岩村が何んでそんなところに来るのだろう？」

「不二野病院の経営母体である愛養会の理事をやってるんだそうです」

「ほう」

それは初耳だった。岩村が都議会の厚生委員ということは知っていたが、あの精神病院の経営者側の理事だとは初めて知った事実だった。

「二人は何時ごろ病院を出たんだね？」

「三時近くになっていたそうです。これは病院の車が二人を乗せて、それぞれ自宅に送り届けたそうです」

看護婦小木曾妙子の死亡時刻とも合わない。まさかその二人が運転手を抱き込んで看護婦を殺したとは考えられない。

「桑木さん、飯田については面白い聞込みがありましたよ。小木曾妙子と飯田事務長とが三年ほど前から普通の仲でないことは、昨日、桑木さんと調べて分りましたね。それと、ここ半年前から飯田事務長が急に小木曾妙子に冷淡になっていることも、聞きましたね？」

「うむ」

「それがまた縒《より》が戻ったというのか、これは部屋を貸している家主の主婦の証言ですが、しばらくこなかった飯田が、この前から小木曾妙子の部屋に三、四回来ているんだそうです。昨夜はたしか四度目ぐらいじゃないかと言ってました。小木曾妙子は飯田がこない間、蒼くなって沈鬱《ちんうつ》な顔をしていたそうですが、最近はひどく愉《たの》しそうだったそうですよ。昨夜、二人がその家を出たのが十一時過ぎだったそうです。それは飯田がこれから病院に行くと言うので、小木曾妙子が送りに出たんですね。つまり、その間、飯田は妙子のところに三、四時間過していることになります。……係長、小木曾妙子は現場で暴行を受けたのでなく、彼女の部屋で飯田とその行為があったんじゃないでしょうか？」

「飯田の血液型を採《と》ったか？」

「A型です」

4

三上は安アパートの畳の上に転がって肘枕《ひじまくら》をしながら、口から烟《けむり》を天井に吹き上げていた。

夕刊を丹念に読んだあとだった。この夕刊は待ちかねていたものだ。だが、慌てて駅の売店に新聞を買いに行ったりすると、誰かに見られて、あとで警察に怪しまれないともかぎらない。普段の通りに自然に振舞うことだ。ちょっとでも日常と変ったことがあると、警察ではすぐにそこへひっかけてくる。

　彼は新聞のくる一時間前からじりじりして待っていたが、やっとドアの横に付いた郵便受に新聞が入ると、貪《むさぼ》るように武蔵野の殺人事件を読んだ。アパートの部屋の中は密室だから、ここでは、どんな態度をとろうと平気だ。

　それは社会面のトップに大きく出ていた。三上は記事を読む前にまず写真に惹《ひ》かれた。一つは現場の風景で、死体の置かれた場所に×印が付いている。一つは殺された看護婦小木曾妙子の顔だった。写真の修正の具合か、三上の見た当人とは顔つきがかなり違っていた。

「武蔵野の林の中で女を扼殺」

　と大きな見出しだった。

　三上は記事を丹念に読んだ。発見されたのは今朝の七時ごろで、附近の住人が散歩に出かけたとき、犬が吠《ほ》えていたので死体が分ったのだという。検屍《けんし》の結果も詳しく出ていた。死因は扼殺で、乱暴を受けている。被害者は不二野病院の看護婦小木曾妙子さん（二八）で、昨夜十一時ごろ、間借りしている近所の家から来客を送って出たまま帰らなかった。死後推定時間から考えて、その外出直後にこの災難に遭ったものとみられている。犯人は客を送って一人で帰りかけた小木曾さんを見かけ、乱暴しようとして抵抗されたので殺害したものらしい。

大体、こんな内容だった。三上は記事を読み、さらに現場の写真を見て初めて、あの場所がこんなところだったのかと、まるで他人のしたことのように珍しく映った。あのときは暗がりなので、どのような地形かはっきりと分らなかった。写真で見ると、なかなか趣《おもむ》きのあるいい雑木林だった。

しかし、三上の意識を奪っているのは次の記事だった。

「小木曾妙子さんが送って出た客は、小木曾さんが勤めている不二野病院の某氏だが、捜査本部では同人を参考人として呼び、事情を聴取している。小木曾さんと某氏とは日ごろから親密な間柄で、同夜も某氏が夕方から訪ねてきて十一時近くまで話しこんでいたという。なお、犯人の血液型はA型で、某氏のそれもそれと一致するところから、捜査本部はこの点をかなり重要視している。しかし、A型は極めて多いので、さらに精密検査を行うことになっている」

三上はそれを読んで少し安心した。やっぱり、あのチョビ髭の男が疑われている。

あの男は想像通り不二野病院の人間だった。新聞記事によると、被害者と親密な間柄とあるが、もちろん前から関係のあったことは、車の中のあのふざけた調子でも歴然としている。あの男が疑われるのは尤もだと思った。今のところ、活字面ではタクシーの線は出ていない。しかし、油断はならない。捜査本部は全部のデータを新聞社に発表するとは限らないのだ。大事な点はわざと伏せて、こっそりとその手がかりを追及しているという場合が多い。

三上は自分の血液型がA型であるのを知っている。だが、A型は一ばん多いから、この点だけでは決定的な証拠にはなるまい。精密検査というのがどういうことか分らないが、要するにA型と決定するための科学検査であろう。

三上は新聞をその辺に投げ出して、煙草に火を点け、天井に向いている。

あのチョビ髭は、女をタクシーに乗せて一人で帰した、と当局に供述しているに違いない。だが、チョビ髭は自分の顔を憶《おぼ》えていないはずだ。前にも乗せているが、こちらは対手を知っていても、客のほうはいちいち運転手の顔を注意しているわけではないので、三上ということは分ってないはずだ。また、車のナンバーはもとよりどこのタクシー会社だったかも見ていないと思う。

例のチョビ髭は重要参考人としてタクシーの点を極力言い立てるであろう。それから、彼はアリバイを立証するために、同夜不二野病院で会った岩村章二郎の名前を挙げるだろう。すると、捜査本部は岩村を取調べ彼が新宿から不二野病院に行くのにタクシーを利用したことを知るに違いない。

この岩村の乗ったタクシーと、あの楠林バス停留所附近でチョビ髭と被害者とが拾ったタクシーとが同一であることは、場所と時間関係から想定されるであろう。

三上は、その点、自分にも防備があった。

　三上は、あの現場の帰りに日報をわざと変えて書いた。

　大体、日報は客を降ろした直後に忘れないように書き込む。だが、あのときは幸いなことに、岩村章二郎を不二野病院に降ろし、あとでゆっくり書き込むつもりでそのまま引返した。その途中でチョビ髭と小木曾妙子とに呼び止められたのだから、日報にはまだ新宿と不二野病院との往復は書き込んでなかった。

彼はメーターを計算して、大体、同距離になるような場所を作って書いた。あまり淋《さび》しい通りだと乗客について調査される惧《おそ》れがあるから、新宿、渋谷、赤坂、銀座、新宿、また銀座というふうに書き、総合距離がメーターと一致するように工夫した。但し、会社側に納める料金は多少持ち出しとなった。

さらにあれから池袋の営業所に戻って、すぐに車体の掃除にかかった。

これは不自然ではない。大体、午前二時ごろ車庫にあがって来ると、翌朝の七時まで睡《ねむ》り、次の交替者と八時に申送りをする。運転手の癖によっては車庫に引揚げるとすぐに床の中に潜《もぐ》り込み、翌朝は少々早く起きて車の掃除にかかる者もあれば、少しでも朝はゆっくり睡りたいというので、あがった直後に車体の掃除にかかる者もいる。

三上は、まず車の中を詳細に点検した。むろん、血痕《けっこん》などは落ちていない。被害者の遺留品もない。女は強《したた》か運転台のうしろに胸を打ったので、その箇所を調べてみたが、ビニールのカバーの縁が多少くぼんでいる程度だった。しかし、手で直すと簡単に元通りになった。こんなものは気にすることはない。

車体は丁寧《ていねい》に水をかけて洗った。殊にタイヤは入念に泥を落した。赤土と草とが付いていた。タイヤの刻《きざ》みに入り込んでいる泥を手間をかけて落した。ほかの運転手は仮眠する部屋に入り込んでいたので、三上の清掃作業を見ている者はなかった。

車が完全にきれいになったかどうかを改めて点検し、どこにも、手落がないと知ると、三上は満足して雑魚寝《ざこね》の蒲団の中に潜り込んだのである。

——三上は天井を見つめながら、昨夜から今までのことを検討していた。あれからまだ十七、八時間ぐらいしか経っていない。天井には女の最期の表情や動きが映ってくる。

あのとき、女とチョビ髭とが一しょに乗ったからいけなかったのだ。場所も悪い。

帰りも女が一人乗った。それもいけなかった。むらむらと妙な気持が起ったのだ。あれが夜でなく昼だったら、いや、夜でも家のあるところだったら、そんな考えは起らなかったであろう。

女が男と暗い車の座席でふざけたあとだったのもこちらの気持を刺激した。黒いコートの前が割れて、青いスカートの端から白いスリップの端と脚が伸びていた。それも眼に悪かった。それから車をあの径《みち》の中で停めたとき、女があんな悪態《あくたい》をつかなかったら、或いは可哀想に思って計画を止めたかもしれない。何もかも状態がいけなかったのだ。

三上はこれから当分追われている身を覚悟せねばならなかった。目下のところ、不二野病院のチョビ髭が調べられているが、果して彼が犯人にさせられて落着《らくちゃく》するかどうか。捜査本部ではまずタクシーを手配するに違いない。

自分の車が特に見られたとは思えない。岩村章二郎を乗せたのは「筑紫」の前だが、それはあの前に停車していたのを女中が呼んだのだ。それもその辺に一ぱいいるタクシーと同様に見られているから、特に気をつけて観察されたとは思えない。

車に乗った岩村章二郎の態度も何だか妙だった。こちらから訊ねてもろくに返辞もしなかった。どうやら不二野病院に行くのを人目を避けているような風《ふう》もある。

だから、今度の事件で彼が警察に参考人として調べられるのはかなり迷惑に違いない。

ところで、一つ気がかりなのは山中一郎だ。あの男、こちらの名前も住所も知っている。尤も、チョビ髭と被害者とを偶然乗せた車がまさか三上とは思うまいが、何かのことで、もしや、という考えが起きないとも限らない。

しかし、それはまあ大丈夫だろう。なぜなら、山中と、チョビ髭と、岩村章二郎とは、不二野病院を中心に密《ひそ》かな取引を持っているようだ。この前、二千円を取上げたことでも彼の弱点は分る。

こう考えてくると、まずまず安心だった。日報に書いた新宿も、銀座も、渋谷も車の多い通りだし、利用者も多いから、万一、三上が疑われても、いちいち乗客について調べるということは不可能だ。いうなれば、このアリバイは最も安全だといえる。運転手商売は昼夜を分たず都内の人通りの中をぐるぐる回っているが、こう考えてみると、全く孤絶している立場といえる。アリバイとしては絶好のところにタクシー運転手は身を置いている。

とにかく、これから気をつけよう。注意するに越したことはない。警視庁の命令を受けて、会社側も運転手の当夜の行動をいろいろと調べるだろうが、以上の理由で露顕《ばれ》るはずはない。また会社側も自分のところから不名誉な人間を出したくないから、それほど熱心に調査するということもないだろう。

殊に最近は運転手不足だ、自社の運転手を嫌疑者扱いにして不快にさせたくないというのが会社側の気持でもあるだろう。

第五章　三巴《みつどもえ》

1

武蔵野殺人事件の捜査本部は、三鷹駅に近い武蔵野署に置かれた。署の柔道場が本部用に当てられている。捜査員は畳の上に机をならべて会議を開いたり、報告を検討したりする。

田村町で殺された島田玄一の殺害事件と、今度起きた不二野病院看護婦小木曾妙子の殺人事件とは或る点で共通点がある、という桑木刑事の進言で、武蔵野署の捜査本部には連絡捜査会議が開かれた。

両事件に連絡点があるというのは、

①庁内紙の元記者島田玄一は殺害される一か月半くらい前まで、三鷹駅前の喫茶店で小木曾妙子とたびたび逢《あ》っていた。

②殺害された島田玄一の上衣のポケットには卌の印の紙片が入っていた。この符

号は精神病院の重症患者に付けられるものである。

ただ、両事件で違うのは、島田玄一の場合は明らかに謀殺だが、小木曾妙子の場合は暴行による扼殺という突発的な事件だということである。しかし、殺害の目的は違うにしても、以上のように両者の間にははっきりと連絡点が見られる。殊に奇《く》しくも被害者同士が生前に三鷹の喫茶店でたびたび落合っていたということは重大な点だ。

小木曾妙子の体内から採取された男子の血液型は、精密検査の結果、ＡＢＯ式によるとＡ型で、ＭＮ式血液型によるとＭ型ということになった。

「重要参考人の飯田勝治の血液型は、この検査の結果と全く同じ血液型でした」

と武蔵野殺人事件捜査本部の浜岡主任は会議のときに報告した。

「飯田は、同夜、被害者小木曾妙子の部屋で彼女と関係のあったことを認めています。従って、このような線から言えば、小木曾妙子が現場で扼殺されたのは乱暴を受けたからではないという推定も出来得るわけです」

「しかし、被害者の状態、つまり、衣服の乱れや、皮膚の一部に傷のあった点などからみて、飯田の申立てはそのまま信用することはできないと思います。というのは、両人が前から関係があったことは飯田本人も認め、また不二野病院の看護婦の中でも誰知らぬ者はありません。ところが、最近になって飯田が女に冷たくなったと言って、妙子はひどくそれを怒っていたそうであります。飯田は事務長ですが、妙子も同病院の古参看護婦です。両人の仲は三年前からはじまっていたそうですが、最近、飯田に女が出来たと言って、妙子は飯田を物蔭に呼んで、ひどく怒ったり、泣いたりしていたことが、看護婦たちによってたびたび目撃されています。従って、当夜、飯田が女を伴れ出して争った揚句《あげく》に逆上して殺害したということは十分に考えられ、その際、飯田は痴漢の乱暴に見せかけるため以上の状況を作ったとも思われます。また、飯田が女をそのような場所に伴れ込んだことで情欲が起り、女に関係を迫ったが、憤慨している女がこれを拒絶したために飯田の暴行となったとも考えられます。いずれにしても血液型が飯田と一致した以上、有力な証拠となります。且つ飯田自身も小木曾妙子との関係を肯定《こうてい》していますから、容疑の点はかなり濃厚だと思われます」

「飯田は不二野病院に行って、都会議員の岩村章二郎と会っていますね？」

「そうです。それは岩村章二郎氏も、また当夜病院に宿直していた看護婦も口を揃《そろ》えて証言しています。飯田が病院に来たのは同夜の十一時四十分ごろだったと言っています」

「飯田の供述はどうなんですか？」

「飯田は小木曾妙子と別れる意志のあったことを認めています。彼に女のあったことは極力否定していますが、妙子との関係を清算しようとして、たびたびそれを妙子に言ってきたことは述べており、それは約二か月前から言い渡してあると言っています。妙子はそれを承知せず、ひどく悪口を言ったりするようになったので、事務長の体面上こういう状態ではいけないと思い、最近は妙子を慰撫《いぶ》しておとなしく思い知らせるようにたびたび話をしたと言っています。同夜も前からの約束で同病院の経営母体の理事をしている岩村氏と会う約束があり、それがかなり遅い時間なので、それまで妙子の間借の部屋に行き話をしたといいます。妙子は飯田が来るというのでその晩は牛肉を買い、二人でスキ焼をして食べたそうですが、話が別れ話の点になると、到頭《とうとう》諦《あきら》めて承諾したと飯田は言っています。このとき女と関係したそうです」

　別れ話に行って対手の女を愛撫《あいぶ》するのは妙に理屈が合わないが、それが男の根性というものだろう。飯田は、別れ話が成立して女のほうから最後の愛撫を求めた、と述べている。

「飯田と、田村町で殺された島田玄一との生前の関係は？」

「飯田は彼を知らないといっています」

島田玄一のポケットから出てきた例の符号と小木曾看護婦とで「精神病院」が両事件のつなぎ目になっているので、さし当り飯田事務長は両者を結ぶ扇《おうぎ》のカナメ的な存在でなければならない。しかし、飯田と島田とが関係がないことが真実なら、せっかくのカナメもここで崩壊し、別なものに求めなければならなくなる。

「それは妙ですな」

桑木刑事は言った。

「島田玄一は殺害される数日前まで、小木曾妙子とたびたび逢っている。だから、妙子と親密だった飯田が、妙子の口から島田玄一の名前を聞かないはずはありません。彼はその点をどう言っていますか？」

「飯田は、妙子の口からは島田玄一という名前を一度も聞いていないと絶対に否定するんだ」

浜岡主任は答えた。

「ぼくもその点はずいぶんと煩《うるさ》くつついた。しかし、飯田は頑強に主張するんだ。それで、あの病院の看護婦や職員について調べてみると、島田玄一は病院に飯田を訪ねて来ていない。島田の写真を出してみんなに見せたのだが、誰も知らないと言っていた」

「しかし、その点は」

と桑木は頭をかしげた。

「始終面会したというのではなく、島田が飯田に会ったのはほんの一回か二回くらいじゃないでしょうか。名前も面会の際は別名を使ったと思われるから、病院の看護婦たちには分らないいんじゃないですかね？」

「それは十分考えられる。しかし、今のところ、そこまで追及できない段階なんだ」

「例の三鷹の喫茶店で島田玄一が小木曾妙子とたびたび逢っていますね。あれは小木曾妙子が飯田に冷たくされた腹癒《はらい》せに、島田に病院の内情を暴露したんじゃないでしょうか。ところが、島田はそれから間もなく殺されているので、それが表面に出ないで済んだという結果になったんじゃないでしょうか？」

「島田玄一が庁内紙の記者時代から強請《ゆすり》専門だった点を考えると、それは十分に思われる。ところが、問題は小木曾妙子と島田玄一との間柄だ。つまり、小木曾妙子が病院の内情を暴露したいと思っても、島田玄一を知っていなかったら、彼を呼び寄せることができない。だから、妙子は前から島田玄一を知っていたのか、或いは島田のほうで不二野病院に何か臭《くさ》いところがあると内偵しているうちに、たまたま、事務長と妙な関係になっている小木曾妙子を摑《つか》んだのか、この点だな」

「そりゃあとの場合が絶対でしょう」

桑木の意見にそこにならんでいる他の捜査員も賛成した。

それには、裏づけ調査が済んでいる。島田玄一の妻も小木曾妙子のことは知っていないし、不二野病院の名前にも知識がなかった。

また小木曾妙子が間借をしている家の家族に訊いても、ついぞ妙子の口から島田の名前が出ないというし、島田らしい人物が訪ねて来たこともなかったという。

従って推測のあとの場合、つまり、島田玄一が不二野病院の内情の何かを嗅《か》ぎつけて、強請《ゆすり》のタネにしようとして調べてゆくうちに小木曾妙子に突き当った、と見たほうが正しいであろう。

妙子がわざわざ三鷹の喫茶店まで出てきて島田と逢っていたことも、当時の彼女の心情、つまり、自分に冷たくなった飯田事務長に対する怒りから島田に協力したという態度がみえる。

桑木がその意見を言うと、

「いや、三鷹に出るのは、あの病院の看護婦は普通のようですよ」

と武蔵野署の捜査員が笑いながら言った。

「なにしろ、ああいう場所に建ってる病院ですからね、とんと山奥の生活と同じだ、と看護婦がこぼしています。若い女ですから、この不満は尤もですよ。勤務が終っても遊びに行くところもないし、せいぜい、バスで三鷹や立川あたりにお茶を喫《の》みに行くのが最大の愉しみらしいです」

なるほど、そう聞けば、小木曾妙子が島田と話をするのに三鷹に出てくる以外になさそうだった。

「ですから」

と捜査員はつづけた。

「都内の病院から、あの病院の看護婦たちがスカウトされてるそうですね。また看護婦たちも、あんな淋しい田舎よりも賑やかな街のほうにあこがれを持つから、異動もよくあるそうですよ」

「精神病院だから、よけいに鬱陶《うっとう》しいだろうな、若い女には」

桑木刑事などは、不二野病院の附近は素晴しい場所だと思うのだが、それは都会に住んでいる人間がたまに郊外に来て感心するからで、そこで生活している若い看護婦たちにとっては侘《わび》しいものに違いない。所轄《しょかつ》署の捜査員の話は桑木の興味をちょっと惹いたが、話題は元に戻った。

「こういう線は出ないでしょうか？」

別な捜査員が口を入れた。

「飯田事務長は、小木曾妙子と最後には仲良くなっていますね。飯田の話によれば、妙子と別れたくてヒステリー症状になっている彼女をなだめたといっていますが、あるいは、妙子の口から島田に自分や病院の秘密が洩らされたと思ったので、どの程度にそれが話されたのかそれを聞き出すために、急に低姿勢になって彼女に近付いたのじゃないでしょうか？」

「さあ。それも一つの想定だな」

浜岡主任は、しかし、それにはあまり興味を示さなかった。

「ところで大事なのは、飯田の新しい女です。小木曾妙子は、飯田が自分に冷たくなったのは、別に女ができたからだと考えてノイローゼになった、彼女のヒステリー症状は相当なもので、病院中に知らない者はなかったのは事実です。飯田はその点で大へん困っていたと思うんですが、その新しい女というのは分りましたか？」

「それは十分に調べたんだが、どうも出てこないんだね」

浜岡主任が答えた。

「今度の事件で分ったのは、あの不二野病院の職員と看護婦の関係が相当に乱れていることだったな。ちょっと、ひどいもんだよ。年齢の若い見習い看護婦は別として、相当長くいる看護婦のほとんどが、職員の誰かと肉体関係を持っている。飯田ばかりじゃなかったよ。これは、この事件に関係のない限り発表できないがね」

「その乱脈から飯田の新しい女というのは出てこないんですか？」

「出ない。いまのところはね」

主任はそう答えて、前の茶瓶をとって湯呑《ゆのみ》に傾けた。

「飯田に聞くと、あれは小木曾妙子の勝手な妄想《もうそう》で、自分のほうは妙子の性格が嫌《いや》になって離れようとしたのだが、女は別に恋人ができたと邪推して騒いでいたのだといっている。いまのところ、飯田の自供は本当らしいんだ。反証が出てこないからね」

桑木刑事はその問答を聞きながら、青酸加里のことが頭から離れない。島田玄一を殺した凶器だ。病院の薬室には青酸加里もあるだろう。しかし、岩村製版所の線もある。

「ところで、それより、飯田と岩村章二郎とが病院で会っていますが、ずい分遅くあったもんですね。飯田はそれをどんなふうに言っています？」

桑木は訊いた。武蔵野殺人事件に関する限り、桑木は直接の捜査従事ができない。それは全部ここに設置された捜査本部に系統的に握られている。この連絡会議は本捜査本部が握ったデータを聞かせてもらっている程度だ。むろん、必要があれば桑木が飯田事務長を調べることは不可能ではない。だが、それは田村町殺人事件に関連した確証を握った上のことで、現在の状況ではまだそこまでいっていない。

従って、飯田を調べた係官から間接的な話を聞くことになるので、どうしても靴を隔てて痒《かゆ》きを掻《か》くようなもどかしさを感じる。

「いや、それはね」

と浜岡主任は茶を呑み乾《ほ》して言った。

「岩村章二郎は都会議員だが、この不二野病院の経営母体となっている医療法人愛養会の理事でもある。だから、彼が病院事務長と話し合うのは不思議ではないというのだよ。但《ただ》し、問題はその会合の時間だな。午後十一時すぎという大へん遅い時間に開いている……それで、ぼくが飯田に訊くと、そんなことは今までもないことはなかった。なにしろ、岩村さんは土建業という本職と、都会議員という公職とで非常に忙しい。だから時間の余裕がつかないので、深夜に病院経営について打合せすることになる。当夜もそれだったと言うんだよ。また、その席に院長やほかの理事が参加しないのも、これまでもあったというんだ」

「ほう、それは何故ですか？」

「岩村さんの都合で遅い時間になると事務長が院長の代人を兼ねる訳だな。つまり、岩村さんは理事会の実力者なんだよ。理事長は院長の江口貞治郎という医者が兼ねているがね」

「岩村都議にも訊きましたか？」

　桑木は訊いた。

「岩村さんも同じようなことを言っていたよ。その会合は二時間ばかりで話が終り、二人は病院から出させた車でそれぞれ帰っている」

「じゃ、帰宅もずいぶん遅かったわけですね」

「遅い。午前三時過ぎだと言っていた」

「しかし、その辺がどうもおかしいですな」

　桑木はテーブルの上に肘を載せて上体を前にかけた。

「その打合せというのは、島田玄一が殺されたことに関係があるんじゃないでしょうか。つまり、島田は不二野病院の弱点を握ろうとした。それだけ病院側に弱味というか、不正が存在していたわけです。看護婦の小木曾妙子は旧《ふる》くから病院にいるのでよく内情を知っている。妙子が事務長への恨みから島田玄一にその内情を暴露したのでしょう。それがどの程度か分らないが、経営者側にすると大へんなことで、その善後策を講じたんじゃないでしょうか。理事長よりも岩村氏に経営の実力があるとすれば、二人きりで話をしたことも分ります。問題は、その不正が事実かどうかということですがね。もし、事実とすればどういうことなのか、これは内偵の必要があると思います」

「その点はいま調べているが、なお研究してみよう。……ところで、タクシーの問題だが」

浜岡主任は次の課題に移って前のメモに眼を落した。

「すでにご承知のように、岩村都議が新宿の〝筑紫〟前から拾った車は、当夜そこに客待ちしていたタクシーだ。どこの会社のものか、残念ながら女中も分っていない。これは不二野病院まで都議を送っている。時刻からして、この帰りの車に飯田と小木曾妙子が乗り、二人で不二野病院に行った。つまり、タクシーからいえば引返したわけだが、そこから小木曾妙子が一人で戻っている。これは飯田の証言だ。従って、現場の状況からして被害者の妙子が自動車で運ばれたことは疑いないから、このタクシーが問題だ。どこの会社の車か、岩村都議も、飯田事務長も気をつけて見ていないんだな。また附近の居住者について聞き込みを行ったが、あの辺はどこも早寝とみえて、そのころ目撃した者がいない。ただ、その時刻に自動車の音がしたのを聞いた者はあるがね。いまタクシー会社に当っての報告によると、該当の運転手がまだ出ない。尤も、タクシー会社は都内で四百ばかりあるが、現在回答してきているのは約三分の二で、あとの百三十社ばかりが未回答だ。全部終了しないと分らないが、われわれはあまりにタクシーのことにとらわれてもいけないと思う。自動車の点はもう少し広い視野から検討したほうがいいと思う」

「しかし」

と桑木が言った。

「時刻の点や、地理の点からみて、岩村都議ならびに飯田と被害者とが乗ったタクシーが一ばんおかしいと思うんですがね。仮りに全部のタクシー会社の回答から該当の運転手が現われないとすると、これはかえってその運転手の犯行という線が強くなると思いますが」

「なるほど。君はその運転手が事件に関係がなかったら、客を乗せた事実を報告するはずだというわけだね？」

「そうなんです。その運転手が名乗って出ないというのが犯行に関係があるということになると思います。……運転手はみんな日報を書いています。何時にどこまで客を送ったという報告ですが、走行キロ数ならびに料金などがちゃんと合うような仕組になっている。だが、メーターに出るのは走行キロ数だけですから、それに合せて行先を変えれば、これは分らないと思いますね。わたしはこの際ほかの自動車は一切捨てて、タクシー一本で追ったほうが本筋だと思います」

2

その翌日の午前中だった。

桑木刑事は都庁の厚生局衛生課を訪れた。

このときも若い重枝と一しょだった。桑木は両殺人事件の原因が不二野病院の不正に関連があると思っている。不二野病院を監督するのはこの課だ。そこで、一応、監督当事者から不二野病院についての意見を聞きたいと思って来たのだった。もとより、監督者が同病院に不正があるなどと答えるはずはない。しかし、これは捜査上一応の筋を固めるに必要だった。

衛生課長はすでに定年に近いような年配の半白頭《はんぱく》だったが、桑木から来意を聞く

と、

「そんな事実は絶対にありませんよ」

と果してあたまから否定した。

「わたしのほうは始終病院の査察をやっているから、不正があれば、すぐに分ります。あの病院は他の病院に較《くら》べて成績優秀なほうですよ」

課長は断言した。

「で、その不二野病院の査察をなさってる方はどなたでしょうか？」

課長は横で執務している課長補佐にその名前を聞いて、

「山中という男ですがね。ほら、あそこにいますよ」

と顎でしゃくった。

桑木刑事が振返ると、一番壁際に近いところに、頭をきれいに分けた、二十五、六の、色の白い青年がしきりに書類をめくっているのが見えた。

桑木刑事は、課長の指したその若い職員から眼を戻し、

「課長さん、ちょっと、あの方と話合いたいのですが。すぐ横では目立ちますので、五分ほど席をはずさせてもらえませんか。いえ、大したことじゃありません。担当者のあの方から不二野病院の模様を聞けば、それで済むのです」

と頼んだ。

課長は、いいでしょう、と言い、横の課長補佐に何やら耳打ちをした。

課長補佐が若い男のところに歩いて短かく言っている。山中という若い職員はこちらに向って首を伸ばし、課長補佐にうなずいて机の前から離れた。

課長補佐は四十五、六ぐらいの律義《りちぎ》そうな男で、永い間役所の実務を叩き込んだ顔が年齢以上の皺《しわ》を刻み込ませている。

山中一郎は課長と桑木刑事との間に椅子をひいて坐った。

「こういう者です」

桑木は懐ろから黒革の手帳を出して開いて見せる。山中は切れ長な眼で鋭い一瞥《いちべつ》をくれてうなずいた。

「いま、課長さんから伺いましたが、あなたが不二野病院の査察を受持っていらっしゃるそうですね？」

「はい、そうです」

桑木刑事は彼の白い顔に質問をはじめた。

「あなたの受持はそこだけですか？」

「いいえ、ほかに四つほど精神病院を受持たされています。大体、地域的に言って、上高井戸《かみたかいど》、吉祥寺《きちじようじ》、三鷹、小金井などに散在していますから」

若い声ですらすらと答えた。

「なるほど。そこで不二野病院ですが、成績はどうなんですか？」

「あそこは優秀なほうです。わたしたちはいろいろな項目について査察をやりますが、重点的にそのつど対象を変えて行います。なにしろ、査察にはたくさんな項目があるので、一どきにやるというわけにはいかないのです。これは全くの不意打ちの調査ですから、病院側はどこを突かれるか分らないわけです。そういう方法で調べているんですが、まあ、成績としてはあすこは九十点ぐらいと思っています」

「各項目というと、どういうことですか？」

「施設の管理、業務の状態、患者の処遇、これが主な三項目です。この各項目ごとに十箇条ぐらいに細かく分けて、それぞれ点数で基準を決めています」

山中はよどみなく答えた。日ごろから手馴れた仕事だから内容は十分に頭の中にあるといった自信のある話方で、殊に課長の前だから頗《すこぶ》る能弁であった。

山中はつづいてその内容を述べたが、一どきに聞いたのでは桑木刑事もよく理解できなかった。要するに、大へんに面倒な査察内容だということが分った。

「あなたは査察には月に一度ぐらいいらっしゃるんですか？」

「いや、それは決っていません」

それまで部下の話を黙って横で聞いていた課長が口をはさんだ。

「現在、職員の数が足りませんのでね。都に予算がないのです。従って山中君のようなベテランの職員は負担が過重になっています。また、月に一度という決ったことをすると、病院のほうでも査察のときだけ良く見せようという気持になりますから、不定期に不意打ちをするというのが査察のコツです」

「なるほどね」

桑木刑事はうなずいた。

「では、要するに、不二野病院は堅実な経営をやってるというわけですね。……最近、あすこの看護婦が殺されたことはご存じですか？」

桑木は山中に訊いた。

「知っています。新聞で読みました」

彼はうなずいた。

「被害者の看護婦をあなたは知っていますか？」

「刑事さん、看護婦などいちいちわたしが知っているわけはありません。いくら査察でもそこまでは手が回りません」

山中一郎はちょっと皮肉に笑った。

「では、あすこの事務長の飯田勝治さんをご存じですね？」

「もちろん査察のときの当面の責任者ですから、よく顔を知っています。飯田氏は事務長としての手腕はもとより、人物もしっかりした人だと思っています」

「個人的におつき合いがありますか？」

「そうですね」

山中はちょっと自分の答えを考えるようにしていたが、

「それは、仕事上で顔をたびたび合わせると、個人的な感情移入も仕方がないでしょう。但し、二人だけでつき合うということはありません」

山中はそう言って桑木の顔を下から眺《なが》め、

「新聞によると、飯田事務長が看護婦殺しの重要参考人となって調べられているようですが、彼にその容疑が濃いのですか？」

「いや、それは分りませんよ。但し、殺された小木曾妙子さんと飯田さんとの関係は否定できないようですね。……あなたはあの病院は立派な成績だと言われましたが、わたしのほうで調べてみると、職員と看護婦との男女関係はあんまり芳しくはないようですね」

「いや、刑事さん、そんな個人的な恋愛関係までは都《と》の査察の対象にはなっていませんよ。そこまで行くと人権問題です」

とうすく笑った。

「あなたは、不二野病院の経営母体になっている愛養会理事の岩村章二郎さんを知っていますか？」

桑木は訊いた。

「都会議員さんですから、顔だけはよく知っています。だが、病院と愛養会とは別だし、殊に理事となるとわれわれの現場仕事とは直接につながらないので、親しく話合ったということはありません」

「理事長の江口貞治郎さんはどうですか」

「あの方は不二野病院の院長をやっていますから、挨拶程度です。しかし、実務は何といっても飯田事務長ですからね。彼に訊けば何でも分りますから」

「岩村理事と飯田事務長とが、あの殺人事件のあった深夜に病院で落合って打合せをしていたということは知っていますか」

「知りません。そりゃ病院内のことですからね」

山中は刑事の無知を嘲《あざ》けるように笑い、

「都がそんなところまでいちいち分るわけはありません」

「そうですか」

「刑事さん、新聞でよんだのですが、飯田さんの疑いはまだ晴れないんですか？」

と山中は逆に聞いてきた。

「それはちょっとわたしでは分りません」

「飯田さんに限って人殺しをするような人じゃありませんよ。第一、自分の女を絞め殺す理由は何もありませんからね。多少の恋愛的なトラブルはあったとしても、まさか殺すことはないでしょう。……犯人は飯田氏以外の人物だと思います」

「あなたは何か心当りがあるんですか？」

「心当りはありません。飯田さんの無罪だけは信じるというのです」

警視庁ではタクシーの運転手に手配はしているが、このことは事件捜査のカナメなので、新聞記者には発表していなかった。だから、どの新聞も一行も報道していない。新聞記事で真犯人が遁《に》げる例が多いからだ。

桑木は最後にたずねた。

「今度の事件で、いろいろとあなたにお力を借りなければならないことがあるかもしれません。こういう捜査は日曜も祭日もないわけですから、突発的にあなたに会いたい場合、自宅に伺うかも分りません。ご住所を知らして下さい」

「分りました。ここです」

山中は名刺を出して、その裏にペンで現住所を書きつけた。名刺は都庁だけしか肩書にない。

「ほほう、大森のほうにいらっしゃるんですね」

「大田区《おおた》S町××番地有田方」としてある。

「ははあ、離れでも借りていらっしゃるんですか？」

「いいえ、そこはアパートですよ。素人《しろうと》アパートでしてね、汚ないところです」

桑木刑事は急いで自分の手帳を出して繰った。

(岩村写真製版所……大田区S町××番地)

番地が少し違うだけだった。桑木は緊張した。

田村町の殺人現場で若い男が死体に近づいて何かを調べるような様子をし、すぐに待たせたタクシーで立ち去ったのは、当時野次馬の一人が届け出た通りだ。早速、タクシー会社に該当の人物を乗せた運転手に協力を求めるよう手配したが、遂に名乗り出る者はなかった。しかし、「桜タクシー」という会社の運転手が、該当の人間によく似た客を大森から高円寺の松ノ木町まで乗せたと言って参考的に届け出た。

この届出で桑木は高円寺と大森と両方を調べたが、高円寺も大森も手がかりはなかった。ただ、大森で偶然な発見といえば、そこに青酸加里に関係のある岩村写真製版所があるのを知ったのである。

桑木の眼はひとりでに光ってきた。彼は改めて山中の人相や体格をじっと見た。

3

桑木刑事は都庁を出ると公衆電話ボックスに走り込み、武蔵野署の捜査本部にかけた。

「いま、そちらで参考人として調べている飯田事務長の自宅はどこですか？」

桑木はうかつだがいままでそれを聞いていなかった。

「あの男ですか。あれは高円寺の松ノ木町××番地ですよ」

桑木はほくほく顔でボックスを出た。

「分りましたか？」

外に待っていた重枝が寄ってきた。

「分るも分らないも、面白いことになった。君、田村町の死体の傍にしゃがんだという男が分ったよ」

「ほう、誰ですか？」

「ほら、ぼくたちがいま会った都庁の若い男さ」

「山中一郎ですか」

重枝も眼をまるくしている。が、彼も手配人物の特徴を思い出したのか、なるほどといった表情になった。

「その気持がないから、本人に会っても気がつかなかったがね。いやいや、これは当り前だよ。ただあれだけの特徴では、東京中に百何十万人という同じタイプの青年がいるからね。……ところで、山中はわれわれに嘘を言っている。あの男、飯田事務長とは仕事上の折衝《せっしょう》だけだと言っていたが、あいつ、個人的にも飯田とつき合っているんだ。しかも、深夜にタクシーに乗って飯田の家に行っている」

「どうも、あの生白い顔が気に喰わないと思いましたよ」

「こうなると、あの山中という男を徹底的に洗わんといかん。……あいつに田村町の行動を聞いても否定するにきまっている。目撃者がいたにしても、自分ではないと言い張れば、夜だから見間違いで通るかもしれないからね」

「飯田と山中とを対決させたらどうでしょうか？」

「まだ早いな。それよりも、もっと山中を洗わんといかん。重枝君。君、これから一しょに飯田の自宅に行って細君に会い、山中のことを訊き出そう。そして、その話を参考にして大森の山中のアパートの近所を聞込みに歩くんだ。山中がどんな生活をしているか洗いあげてみるんだ」

「田村町の現場に来た男には女がいましたね。タクシーの中に乗っているのを見たという目撃者の話があります」

「それだ。その女は彼の恋人か、それとも全然別な女か、それは分らんが、ひとつ探り出してみよう。……あの山中は、課長の前だったせいか、当り前のことしか話さなかったが、今度は或る程度裏づけを取って絞《しぼ》ってみよう」

桑木は若い同僚には話さなかったが、岩村写真製版所が山中の住んでいる近所だということも重大に考えている。この両者に因縁《いんねん》はないか。

いや、遠い因縁なら、もうすでに分っていた。飯田の勤めている病院の理事が写真製版所主の実弟に当るのだ。——

二人は高円寺に直行した。

この前「桜タクシー」の運転手の証言で桑木と重枝がさんざん歩き回った地点だ。

「やっぱりここでしたね」

目印の酒屋と赤いポストの角から道を入ってゆく。

二人は飯田の家を見た。

狭い道路からちょっと引込んだ二階家だ。この前来たときも、この家を見ている。尤も、あのときは「飯田」という名前が分ってなかったから、この家の前を素通りした。

「ごめんなさい」

二人は内側から錠《じょう》のかかっている格子戸《こうしど》の前でベルを押した。

格子戸を開けて顔を出したのは三十五、六ぐらいの女で、眼が窪《くぼ》んで、顎の尖《とが》っている痩せた女だ。

「飯田勝治さんの奥さんですね？」

手帳を見せた。

「はあ」

飯田の女房は棒を呑んだような顔になって、

「うちの主人は今日も武蔵野署に呼ばれていますが、いつになったら用事が済むのでしょうか？」

と心配そうに訊く。

「いや、あっちのほうはわれわれの関係ではありませんが、多分、ご主人の身の上は大丈夫でしょう。すぐに解放されると思いますよ」

飯田事務長は身柄こそ拘束していないが、毎日のように捜査本部に呼びつけられていた。

「奥さん、ご心配のところをまたわれわれが伺って申訳ないが、こちらに都庁の山中さんがよく見えるでしょう。月のうち何回ぐらい来ますか？」

桑木はさりげない調子で訊いた。

「山中さんですって？　そんな人は知りませんよ」

桑木は山中が偽名でここに来ている場合も考えた。

「こういう人相です……」

山中の特徴を述べると、女房は即座に、

「いいえ、知りません。そんな人は見たこともありませんよ」

と否定した。

桑木刑事は重枝と二人で飯田勝治の家を出た。

「やっぱり、飯田は山中との関係を家族にも匿《かく》させているんですね」

重枝は桑木とならんで歩きながら言った。

「そうだね。あの女房の顔色は、山中が来ていることを白状しているようなものだ。一生懸命になっていたじゃないか。普通だったらさらりと否定するところ、殊更に力をこめて言うからバレるんだ」

「そうですね」

「しかし、普通に考えても、それは無理はないよ」

と桑木は言った。

「一方は病院の責任者だし、一方はその業務を監督する立場だから、あまり大ぴらに個人的関係を知られると、腐れ縁が分るからね、否定するのは当然だが……」

いつの間にか青梅街道に出た。

「これで飯田と山中とが個人的にも密接な関係があったことが分った。これだけで今日の収穫になったよ。これから大森へ行って、山中の生活振りを探ってみよう」

二人は地下鉄に乗った。新宿までは二十分とかからないから、ずいぶんと速くなったものである。

山手線で品川に降りた。ここからはタクシーを奮発した。飯田事務長の家を出てから、それでも一時間近くかかっていた。

その間、桑木と重枝とは乗客に分らないように事件について話合ったが、武蔵野殺人事件のほうは捜査本部が一応独立しているので、何かと歯痒《はがゆ》いところがある。

山中のアパートは古ぼけた建物だった。

桑木は管理人のおばさんに面会した。こちらは手帳を出して身分を明《あか》したが、この訪問は山中には絶対に言わないでくれと口止めした。

「山中君の部屋をちょっとのぞかせてくれませんか」

管理人のおばさんは二人を二階に伴れて行って、奥まった一室のドアの前に立った。廊下も天井も黒ずんでいる。

ガラス戸越しに内部をのぞく。

隅の新聞紙の上に炊飯器や茶びんや食器類などがごちゃごちゃに載っている。この炊事場は別の部屋で共同だった。洋服ダンスがこの部屋で目立つ唯一の調度だが、それさえ古い。机の上の本立には小説が五、六冊と、社会学、哲学といった小むずかしい本が四、五冊と、「公務員必携」「精神衛生講話」「厚生施設諸規則」といった彼の仕事に関係のありそうな本がうすくならんでいる。

来信はないかと見たが、それは眼につかなかった。

壁に着更えの袷《あわせ》が兵児帯《へこおび》と一しょにだらりとかかっていた。いかにも独り者らしい寒々とした部屋だ。家宅捜査の令状を持っていないので、廊下から眺めるだけが精一杯だった。

結局、参考になるような発見はなかった。いや、参考になったといえば、山中の部屋が薄給取のサラリーマンにぴたりだったということで、べつに彼の豪華さを窺《うかが》うようなものは一つも眼にふれない。

「部屋代は？」

と桑木は立会に来てもらった管理人のおばさんに訊いた。

「はい、三万八千円戴《いただ》いています。場所の便利がいいし、この部屋がウチでは一番いいものですから……」

「山中さんのところにはお客さんが多いですか？」

「いいえ、めったにありません」

「つかぬことを伺うようですが、近くに岩村写真製版所というのがありますね。ほら、この表に出た角ですよ。あそこの人が遊びに来るということはありませんか？」

「いいえ、誰もこられません」

「山中君がこちらから製版所に行くということもないですか？」

「聞いたことがありません。どうも、そんな様子はなかったようです」

おばさんははっきりと答えたが、飯田の女房と違って、これは自然の返事のようだった。

「山中君の金づかいはどうです？」

「なかなか始末屋さんでしたよ。そりゃあの若さでしっかりしたものです」

その口調では、山中もあまり管理人に心づけといったものを与えないらしい。

「彼は夜早く帰ってきますか？」

「早くありませんね。やっぱり若い人でしょう。遅く帰ってきます。うちでは酒は呑みませんが、帰ったときは大てい酔っているようです」

「なるほどね。呑み屋の女が訪ねてくるということはありませんか？」

「それはたまにありました」

「なに？」

桑木は初めて聞き咎《とが》めた。

「その人は銀座のバーに勤めているらしいんです。名前はいつも平山さんといっていますがね。二十四、五ぐらいの、ちょっと可愛い顔をした子です。勤先の名前は分りません。山中さんとはずいぶん仲がいいらしく、よく表まで車で送って来ていましたよ」

「山中の生活は、いま外から見た限りでは地味なようですね」

アパートを出てから重枝が桑木刑事に言った。

「そうだね。まあ、薄給の役人に相応のようだな」

二人は路次から表の通りへ抜ける路を歩いていた。

「だが、あれがホンモノかどうか分らないな」

桑木は呟《つぶや》く。

「山中という男には、今朝初めて都庁で会ったが、あの眼つきがどうも気に喰わない。案外、くわせ者かもしれないよ。たとえば、飯田との関係も否定していたからね」

「桑木さん。山中は不二野病院の査察を受持ったというから、事務長の飯田と個人的な関係になっていれば、査察を事前通報するということもあり得ますね」

「君もそれに気がついたか。彼は飯田からその報酬を貰《もら》っていたのかもしれないね」

「きっと、そうでしょう。いまのアパートのおばさんもバーの女が山中を送ってくると言ってましたね。やはり倹約をしているようでも山中は外では遊んでいるんですね。そういう費用が飯田を通じて不二野病院から出てるんじゃないでしょうか？」

「そうかもしれないね。そうだ、重枝君。君、早速、山中のその女というのを探ってくれないか」

「分りました。それは造作《わけ》なく分るでしょう」

「若い男にバーの女が付いていれば、当然、金が要《い》るのは分りきっている。まあ、査察の事前通報のお礼ぐらいなら大したことはないが、問題は、それと二つの殺人事件とにどう絡《から》んでいるかだな」

「山中が田村町で死体になっていた島田玄一の傍にかがみこんでいたという事実は、その推定を有力にしますね。島田玄一と、飯田勝治と、山中一郎。……どうやら三《みつ》巴《どもえ》の関係だったようですね。つまり、山中が島田の死体にしゃがみこんだというのは、ただの物好きではなく、被害者が自分の知った人間だということと、どんな死に方をしたのかを彼が調べていたことを思わせますね」

——島田玄一は青酸加里で殺された。青酸加里は病院にも保存されているし、写真製版所でも使用している、と桑木はずっと思いつづけている。

バス通りに出た。

左角に「岩村写真製版所」の看板の付いた建物がある。

桑木が長い塀に囲まれた建物を眺めているので、重枝の眼もそれにつられたように門柱の看板を見た。

「ここは、いつか来て見た景色ですね?」

重枝が言った。

「そうだ」

そのときに桑木は写真製版の工程に青酸加里が使用されるのに気づいたのだ。あれからこの岩村写真製版所に興味を持ち、ここの経営者と岩村都議とが兄弟であることも分った。

「腹が減ったね」

と桑木は言った。

「ラーメンでも食べようか」

重枝が笑い出した。それは前回にここに来たときと同じセリフで、桑木と一しょに同じ中華そば屋に入ったのも前の通りだ。

そば屋のおやじもむろん同人物だ。前回はここで桑木は隣の写真製版工場に出前があるかどうかを訊いたりしている。それは、田村町で殺された島田玄一の胃袋に未消化のラーメンが残っていたのにひっかけての質問だった。

桑木は丼《どんぶり》の汁を啜《すす》っているうちに、このそば屋にはもう一度夜遅く来ていることを思い出した。

それは、何とかして岩村写真製版所の様子を知りたくてわざわざ独《ひと》りで出てきたのだが、そのときの主な目的は職人の夜業状態だった。あのときはまだ事件捜査が五里霧中《ごりむちゅう》だったので、外からは明るく見える窓の内側で立働いている職人の顔でも眺めるつもりでいた。

だから帰りがずいぶん遅くなって、バスもなくなってしまった。

(ああ、あのときは、この店にふらりと入ってきたタクシーの運転手の車で代々木まで乗ったっけ)

――タクシーの運転手。

桑木は途中で丼を口からはずし、汁の付いた口を拭《ぬぐ》いながら、そのタクシーの中で何かと話しかけてくる若い運転手の顔を思い出そうとしていた。

そんなことを記憶の中で手探っている桑木の意識の上には、元都政新聞記者の殺人事件が自分の考えの及ばないくらい厖大《ぼうだい》な背後を持っているような幻像ができていた。

精神病院のことは、ただその入口に在るようにしか思えない。

4

運転手の三上は、あのこと以来、すっかり自分の行動を慎重にしていた。

勤務も怠けなかった。営業所から、例の晩、田無方面に行った運転手は届け出てくるように、という告示があったが、もちろん黙っていた。今度は田村町を通ったときと違い、自分自身に直接関係のあることだった。彼は新聞に現場の写真が出て四、五日すると、再び同じ場所に警察が立てた立札の写真を見た。

「三月五日午後十一時半から翌日午前零時までの間に、この附近で停った車（ハイヤー、タクシー、小型車、トラック）などを目撃された方は、武蔵野警察署に届けて下さい」

三上は、これで警察当局がもっぱら被害者を現場に運んだ車の捜索に重点を置いていることを知った。ちょっとどきりとしたが、しかし、これは捜査の定石《じようせき》だ。特に愕《おどろ》くほどのことはない。

それよりも、このような立札を立てねばならないほど附近に手がかりがなかったことだ。三上はこの新聞写真を見てかえって安心した。

あのときは、半分は無我夢中で走ったが、用心深く車のライトを全部消した。いまから考えると危険な運転だったが、あれがよかったのだ。

殊に昼間でも通行人のない場所だから、あの時刻に目撃者があろうはずはない。人家も相当離れていたし、あの時刻に起きている家はないはずだ。

三上は胸を撫《な》でおろしたが、まだまだ油断はできないぞと思った。

警察がこのように車に重点を置いていると、どこで運転手の行動を見ているか分らない。日ごろにないような行動は、この際なるべく慎しまねばならぬ。不審を起させないことが第一だった。

三上の心配は、自分の顔を岩村章二郎や飯田事務長が憶えていて、その人相を当局に申立てることだったが、未《いま》だに運転手の首実検のようなことが行われないのをみると、やはりこちらの考え通り、彼らはタクシー運転手などというものに注意もしていなかったのである。「筑紫」の女中も同じことである。

ただ、彼の唯一の懸念《けねん》は、山中一郎とバー「クラウゼン」のマユミの二人である。山中も、マユミも自分の人相を知っている。

しかし、それだけでは直接には武蔵野の看護婦殺しには結びつかないのだ。まさかあの殺しをおれがやったとは夢にも思わないだろう。

ただ、困るのは、飯田事務長が警察から完全に釈放されて山中に会ったとき、偶然のことからおれのことが話に出る危険だ。尤も、これも危険という程度であって、飯田自身はおれの顔をあの晩は見ていないのだから、これもすぐにおれに結びつけることはあるまい。その順序に論理的な根拠がないからである。

（あってもそれは、もしや、という程度だ）

三上は、しかし、このもしやというのが案外こわいぞと思った。もしや、二千円を取って行った三上という運転手が怪しいのではないか、などと山中が理屈からではなく予感から想像したら、少々困るのだ。

尤も、たとえそれが警察の耳に入っても、自分には言訳をする用意は出来ている。

つまり、その時刻に三上は、新宿、渋谷、赤坂、銀座、新宿、また銀座というふうに車を忙しく商売させていたことになっている。それは当日の運転日報にちゃんと書いておいてある。

だから、まあ、そっちは安心だが、山中とマユミにこちらの顔を見せたのはやはり気にかかった。

三上は、当分、山中一郎には接触を控えることにした。もう少し様子を見て、別に変ったこともなかったら、またそろそろとはじめようと思う。山中のことはまるきり思い切ったのではない。彼からは大きな頂戴物をしなければならぬ。

三上はそれからもっぱら都内の流し専門になった。「筑紫」の前に客待ちをするのは危険だから中止した。

流しでも新宿はなるべく敬遠することにした。妙なもので、大丈夫だとは思ってもやはりうす気味悪いのである。

三上は、事件発生以来、夕刊と朝刊の社会面だけは注意深く読んだ。武蔵野の看護婦殺し事件は、いつの間にか新聞面から消えている。

世の中は忙しい。新聞社も同じことばかり報道していられないのだ。

すると、そんな日の朝だった。

アパートで朝刊を開いていると、久しぶりに武蔵野事件の記事が顔を出していた。

「看護婦殺しの捜査行詰り――重要参考人の某氏もシロ」

三上はこの記事を読んだとき、自分をとり囲んでいる空気が一瞬に音立てたように感じられた。

シロになった某氏というのは、いうまでもなくあの病院の職員チョビ髭のことに違いない。近ごろの新聞は、人権尊重とかで犯人に断定されない限り、身分も本名も書かれない。また、前ならすぐに嫌疑者と書くべきところを、近ごろでは参考人、または重要参考人という表現を使っている。この段階では某氏だとか、A氏だとかいう記号で現わしている。

三上は、あのチョビ髭の男が警察に喚《よ》ばれてさんざんしぼられたに違いないことを腹の中で喜んでいた。この記事が出るまでは、あの男が自分の身代りに犯人に仕立てられて逮捕されるかもしれないと虫のいいことを考えていたが、遂にそれはなかった。尤も、それほどアテにはしなかったから、あまり失望もなかった。ただ、あの男のシロによって当局の追及が厳しくなることは覚悟せねばならない。

三上は、自分が現実に殺人犯人として追われていることにときどき嘘のようなものを感じる。あの暗い木立の中で自分のしたことが夢のようでもあった。

あれは何かの小説の一章のようでもあるし、映画やテレビの一コマのようでもある。しかし、ときにはそれが激しい現実となって彼に歯をむくことがある。それは夜の独りのときが多かった。

いくら考えても同じだが、あのとき、あの車にチョビ髭の男と女とが乗ったからいけなかったのだ。帰りに女が一人になったのが余計にいけない。もっと悪いのは、女が自分に反感を起させるような生意気なことを言ったからだ。そういう運命的な条件が重ならなかったら、あんなつまらないことをするはずがなかった。

彼はあのときの女の最期をときどき回想から出してみる。すると、妙なもので、可哀想とか、気の毒だったとかいう考えは少しも起ってこない。あくまでも彼を憎み、反抗し、抵抗している女としか記憶に出なかった。またそれだからこそ、あの痩せた犠牲者に未だに憎しみが持てるのだ。

もし、同情していたら、つい、こちらも弱気になって、どんな気持に崩れないともかぎらない。そうだ、あの女を憎もう。憎むことでこちらの身を安全に保つのだ。

憎いといえば、女だけでなく、彼女に関係のあるチョビ髭も、つづいてバー「クラウゼン」のマユミ、それから彼とつながりのありそうな都会議員の岩村章二郎も、みんな憎かった。

いずれホトボリがさめたら、あいつらのやっていることを必ず探り出してみせる。……実はその手がかりになりそうな資料を三上は確実に握っていた。

――それは殺した看護婦の衣服を探って奪ってきた手帳である。あのとき、被害者の身もとを分らなくしたいという本能的な防禦《ぼうぎょ》心から死体の所持品を探ったのだが、アパートに帰ってその手帳を読んだとき、ひどく詰らないことしか書いてなかったので、予定通り、すんでに燃して了《しま》うところだった。その直後に、或る部分の謎めいた走り書きに気がついたのである。――尤も、未だにその文字の正確な解釈はできないが、これはあいつらの秘密を書いた重大なメモかもしれないぞ、と思い直して大切に保存している。

一言でいえば、それは文章というよりも、書いた本人だけに分る心覚えというに近かった。しかも、他人が見ても分らない、或いは見られる機会を予想してわざと分らないように書いた暗号めいたメモのようだった。なるほど、手帳というものは、いつだれに覗《のぞ》きこまれるか分らないので、これを書いたあの小木曾妙子という看護婦は、その用心もしていたのであろう、とさえ思われる。

三上は、その手帳を身体につけて持ち歩いていては危いし、落しても困るので、アパートの部屋の分らないところに匿しておいている。そして、ときどき、取り出してはその部分を開き、首を捻《ひね》っているのだった。……

しかし、昼間働いている彼は呑気《のんき》千万だった。ここに殺人犯人が大手を振ってクラウンを疾走させていようとは誰も知らない。ときどきヒヤリとするのは、不意にうしろのほうからサイレンが追いかけてくることだ。前には肝《きも》を冷やしたが、近ごろでは冷静にブレーキをかけて救急車やパトカーをやり過ごすようになった。

だが、彼は山中のほうをあれきりにしておくつもりはない。また、事件発生以来、彼の前にピタリと姿を見せないのもかえって妙だ。こういうことは普通の調子でつづけねばならない。それに彼とあまり途切れると、あとの威《おど》しにも効果がなくなる。あの手帳の走り書きの意味をつかむためにも、山中への接近は必要だった。

――なに、看護婦殺しに関する限り、こっちは顔を誰にも見られていないから安心だ。もし、そういう事実があったら、もう周囲にその動きが現われていなければならないのである。

（やっぱりタクシーの運転手というのは、郵便配達人や、お巡りさんなどと同じに職業的に当り前すぎて顔をよく見ないんだな。……ほれ、いま降りたお客だって、乗っている間、一度もおれを注意して見ようとはしなかったではないか）

しかし、武蔵野殺人事件の捜査本部では、三上の甘い予想とは違った方向に進んでいた。

不二野病院の事務長飯田勝治を調べたが、結局、小木曾妙子殺しには関係なしと分った。その時刻のアリバイが成立したのである。病院における岩村都議との会合や、彼が病院に入った時刻を証言する夜勤看護婦たちの供述から、ようやく嫌疑が晴れた。

捜査本部でも、被害者の小木曾妙子を現場に運んだのは車以外には考えられないと断定した。現場の聞込みにそこを重点に置いたが、結局、目撃者が出ない。わざわざ一般からの協力を求める立札まで立てたが、効果はなかった。しかし、それだからといって被害者が現場の淋しい場所に歩いて来たとは絶対に考えられないのだ。

ここで、本部も岩村都議や飯田事務長の話から、岩村氏を新宿から運んできたタクシーの運転手が最もおかしいと結論するに到った。多少、この点の捜査が手遅れになったが、それは今までは飯田事務長を本犯人《ほんボシ》と思いこんでいたためでもある。

「あなたは、そのタクシーに新宿のどこから乗られましたか？」

係官は岩村章二郎に訊いた。

「筑紫という料亭です。女中が近くに駐車していたタクシーを拾ってきたのです」

「筑紫」のおかみが岩村都議の二号であることは警察も調べて知っていた。

「あなたは、その車で不二野病院に行かれたわけですね？」

「そうです」

「そのときの運転手の顔を憶えていますか？」

「全く憶えていません。第一、あまり顔を気をつけて見なかったですから」

「しかし、運転台にいる背中は見たでしょう。それで、身体《からだ》つきが肥《こ》えているか痩せているか、背が高かったか低かったか、それくらいのことは見ていませんか？」

「そうですね、多少、低い男ではなかったかと思います。そう、ちょっと小肥《こぶと》りでした」

「小肥りですね。そいじゃ顔は円顔のほうですね」

「そうだと思います」

「うまい。それでは髪はどうですか。思い出しませんか？」

「……少し長目の髪だったと思います。あまり散髪をしていない髪のようでした」

「ますます結構です。それから、年齢的にはどうですか？」

「そう若くもないし、といってえらく年取ってもいません。そうですね、二十六、七から三十前後といったところでしょうか。車の中ではよくしゃべっていましたがね」

「ははあ。岩村さん、どうですか、ここに都内の運転手の写真を全部集めてみましたが、この中から大体こういうような印象の顔だというのは択《えら》べませんか？」

「さあ、間違うと困りますな」

「いや、あなたが指摘されたからといって、その人間がすぐにそうだというわけではありません。わたしのほうとしては、あなたを病院まで乗せて行った運転手が一ばんおかしいと思うので、何とかその手がかりの第一歩だけは摑みたいのです。もう、あなたはその運転手が小肥りであること、あまり背が高くないこと、年齢は二十六、七から三十前後ということ、髪は散髪していないくらいに伸びていたことなどが分っています。何も見ないで言うよりも写真を見たら、ああ、こういう感じだ、ということが思い出せるかもしれませんよ」

同じようなことを飯田事務長にも係は訊いていた。

「うむ、小肥りの男だったんだね。それから髪のかたちもぼさぼさに伸びていたんだね？」

「そうです。いや、そうだったと思います」

飯田事務長は、やっと被疑者の状態から脱けた安心の余り、少しぼんやりして見えた。

「君、よく考えてくれ。君にも迷惑をかけたが、今度はその君に手柄を立ててもらわなければならないんだ。えっ、そうだろう？　手柄ばかりでなく、君の恋人の仇討《かたきうち》でもある。よく思い出すんだ」

「ええ。しかし、どうも、その運転手の顔をよく見ていませんので」

「しかし、君はいまぼくに本人の身体つきのことを話した。さあ、もう一歩だ。君たちがあの晩楠林の停留所のところに立っていると、向うからヘッドライトを点けた車が来たんだね。そして、君たちは恰度いい幸いだと思ってその車を停め、不二野病院に行ったんだね。そうだったね？」

「そうです」

「その車に乗込むときは、運転手の顔をよく見ないというんだね？」

「そうです。車に乗ってからも、わたしは小木曾妙子といろいろ話をしていましたから」

「病院に着いてから、君が先に降りて、女を一人残した。そのとき、君は寂《さび》しい夜の道を女一人運転手に託して返したのだから、少しは気がかりになってその運転手の顔を見ようとはしなかったかい？」

「ええ……」

「どうだ、見なかったのか？」

「どうも……ただ、顔が円顔ということだけはぼんやりと印象にありますが……」

駐車中の空車を呼んだという「筑紫」の女中も印象のうすいことはこの二人に劣らなかった。

こうして捜査本部は、都内のタクシー会社から集めた運転手の登録写真を岩村と飯田と女中の前にどさりと置いた。

それは彼らの言う身体つきの特徴に合せて選《え》り抜いたもので、総数二千枚に上った。

捜査本部としても痛し痒しだった。なるべく当の運転手たちにはこの作業を気づかせたくない。もし、タクシー運転手の中に真犯人がいれば、この動きで逃走の惧れがあるからだ。従って会社側への協力は極く内密のうちに求められた。

二日がかりで二千枚の写真を見せつけられて、岩村章二郎も、飯田勝治も女中もくたくたになった。

「どうもよく分りません」

と三人とも匙《さじ》を投げた。

「見れば見るほど、かえって分らなくなるばかりです」

捜査本部員は失望した。これが眼鼻の特徴がはっきり記憶されているのだったらモンタージュ写真を作るというテもあるが、その手がかりさえないのだ。当人三人に記憶がないとすれば、これはそれっきりである。

しかし、飯田勝治には、実は写真を見ているうちに或る記憶が戻っていたのである。

彼は係員から運転手の特徴のことをしつこく訊かれたとき、憶えていないとは言ったが、それはそれなりに事実だった。しかし、それが一つの暗示となって、彼はふいと或る運転手の顔を泛べたのだった。

それは、いつぞや高円寺の松ノ木町から銀座の「クラウゼン」に行くときに利用した車の運転手だった。もうとっくに彼の頭の片隅から消え去った事実である。しかし、それを思い出したのは、そのときの運転手の雰囲気というか、態度というか、そんなものが小木曾妙子と一しょに乗ったときの運転手のそれとひどくよく似た感じを受けたのであった。

尤も、こういうことは彼がただの感じとして気がついただけで、係官に言うほどのことでもない。また自分ながら頼りない話で、錯覚や思い違いもある。

しかし、飯田が深夜病院に小木曾妙子と一しょに行ったとき、あの運転手の顔をまるきり見なかったという供述は、実は少しばかり嘘になっている。それは捜査本部でも言われた通り、小木曾妙子をひとりで返すのがちょっと不安になって、運転手の横顔を本能的に見透したことがあるのだ。しかし、それが明確には記憶に残っていない。

警察というところは、ちょっと辻褄《つじつま》の合わないことを言えば、すぐに怪しんで引つかけてきそうな気がする。運転手を気をつけて見ていながら顔を憶えていないのはおかしいではないか、と追及されそうである。それが面倒臭いので、彼はわざと黙っておいた。

実はこういう眼鼻をしているという説明は具体的に出来ないが、淡い印象だけはある。

それが二千枚の顔写真を見ているうちに、実にぽっかりと具体的に彼の眼の前に現われたのだった。

飯田勝治はその男の顔に何秒かじっと眼を据えた。どうも似ている。こういうような感じだ。空では説明が出来ないが、ここに具体的な説明の出来る顔の図面があった。

ただ、その写真には運転手の所属会社名も名前も付いていない。

それは鑑定人に先入主観を与えないためわざと匿しているのだ。

(しかし、たしかに、おれが小木曾妙子を送り返すときに見たのと同じ顔だ。そして、おれが銀座の「クラウゼン」に行くときに高円寺から乗ったタクシーの運転手もこんな顔だった。よく似ている)

飯田勝治は係官には、

「どうも該当の者がないようですが」

と頭を下げて警視庁を出たあとで考えるのだった。

（たしか、あのときの運転手は、自分の会社の名前を言った。ええと、何とか言ったっけ。何でも天気に関係したような名前だったが……）

彼は額《ひたい》を叩く。

第六章　容疑

1

運転手の三上は、午後四時ごろ、営業所に一度戻った。それまでの売上金を納入するためである。

最近はあまりなくなったが、ひところタクシー運転手を襲う強盗事件が頻発《ひんぱつ》した。ほとんどが売上金を狙《ねら》われているところから、近ごろは防犯処置として途中でその金を運転手から営業所に納めさせることになっている。これが大体四時ごろから五時ごろであった。

三上が係に金を出して計算していると、配車係がひょっこり顔を見せた。

「三上君、君に電話があったよ」

「そうですか。どうも」

「君が帰ったら、ここへ電話するようにと頼まれた」

配車係はメモを渡した。受取って見ると、「都庁」としてある。番号は都庁内の直通だった。

三上はぎょっとなった。まさか山中からこういう連絡があろうとは予期しなかった。彼は礼を言って車に乗ったが、どうも落着かない。山中の奴、何で今ごろ思い出したようにこんなことを言ってくるのか。

山中には付かず離れずに接触を保っておきたい折だったから、向うの用件を黙殺しておくのも面白くない。しかし、ちょっと薄気味が悪かった。

彼はどうしたものかと思案しているうちに、途中で手を挙げている客を気づかず三人ほど逃してしまった。

だが、折角のことだ。とにかく、どのような用件か訊いてみることにした。彼は電話ボックスを見つけて車を停めた。

メモの通りダイヤルを回すと、交換台を通さずに直接、男の声が出た。

「山中君、電話」

と受けた人間が渡している。

「三上です」

山中の声が聞えたので三上は言った。

「この前は失礼しました」

「やあ、どうも」

と山中は至極愛嬌《あいきょう》のいい声を出している。この前会ったときの不機嫌な調子とはまるで違っていた。

「会社のほうにお電話をいただいたそうで？」

「やあ、すみません。……実は、ちょっとあんたに会いたいことがあってね」

山中は早口で言った。

「はあ、どんなことでしょうか？」

「いや、大したことはないが、ちょっと話したいんだ。仕事の都合はどうですか？」

「今日は明日の朝までずっと勤務です」

「明日の朝までね」

山中は電話の向うで考えていたようだったが、

「何とかぼくが退《ひ》けるころに会えないかね？　銀座か赤坂あたりのほうが都合がいいんだが」

「そうですね。ですが、客を乗せるとどこに走らされるか分らないので、お約束はできません」

「困ったな」

「明日ではいけないんですか？」

「なるべく早いほうがいい。……君、その分の補償はぼくがしてもいいからその時刻に重なりそうな客の注文は断ってもらえないかね。何とかそのへんは理由がつくだろう？　たとえば人を迎えにゆく約束があるとか、油がなくなったとか……」

「そりゃ、まあそういう無理をすれば出来ないことはありませんが」

「君、頼む。ぜひ都合してくれないか」

「ようがす」

　と彼は承知した。

「どの辺に行ったらいいでしょうか？」

「そうだね、恰度そのころだとお互い腹が減ってるから、夕飯代りに中華そばでも食べようか。うまい店があるんだ。赤坂の一つ木通りに揚子飯店というのがある」

「ああ、知っています」

「ほう、さすがに地理に詳しいね。そこで六時半に待っている。六時半だよ」

「分りました。必ず行きますよ」

山中の奴、えらく会いたがっているが、何を思い出したのか。この前あの男から二千円取ってきたが本来ならあいつとしてはおれに会いたくないはずだ。それをわざわざ電話をかけて夕飯を食わせるというのだ。

三上の気持にちょっと不安な翳《かげ》が射した。

しかし、それは思い過ごしだ。山中がまさか看護婦殺しをおれだと睨《にら》んだわけではあるまい。呼出しをかけられて行かないのもかえって妙な具合だし、あとの仕事にも差支える。山中とは少々無理をしても接触を保たねばならないのだ。

それだけの大きな理由がある。

三上は、山中が言った通り、五時ごろから客の選択にかかった。六時半には赤坂に着かなければならないので、遠い距離の客はいろいろと口実《こうじつ》を作って断った。六時半。うまく赤坂にすべり込むことができた。

山中一郎はその店の奥に待っていた。

三上が入ってくるのを見て、彼は白い顔を上げて手招きした。

ちょうど時刻なので店内は客で混んでいる。三上は脱いだ帽子を小脇にはさんで遠慮そうに山中の前に坐《すわ》った。

「この前はどうも」

と頭を下げたのは、二千円をもらった礼だ。

「どうも」

山中は照れたように首を振って、

「君、なにを食べる？」

と親切にメニューを回してくれた。

「なんでも結構です」

「じゃ、焼きそばでいいかな。ぼくもそれだが」

「結構です」

山中は女の子に注文して、今度は煙草を函からのぞかせてさし出した。

「済みません」

大ぶんサービスがいいなと思った。一体、どんなことを言い出すのか。

「忙しいのに呼びつけて悪いね」

「いいえ」

「実はね、よそから頼まれているんだが、あんた、いまの会社を辞《や》めて、ほかのタクシー会社に移る気はないかね？」

「ははあ、運転手のスカウトですか？」

近ごろ、タクシーの運転手の数が絶対量不足している。

それで、各タクシー会社もその補給に懸命で、地方から集団で呼寄せたりしている。タクシー会社は念願の増車がある程度、実現したものの、今度は逆に運転手不足の現象になったのだ。会社によっては車が一割近くも遊んでいる状態だ。

「そうなんだ。ぼくの知ったタクシー会社だがね、一人でも欲しいと血眼《ちまなこ》なんだ。そこで、ふいと君のことを思い出してね」

山中はにやにやして言った。

「どこの会社ですか？」

「池袋のほうだがね、なに、小さいところで車も三、四十台しかない。だから、あんまり施設がいいとはいえないがね。その代り、給料だけは出すといっている」

「いまはどこでも運転手を大事にしてくれますよ。ひところから見ると夢のようですな」

三上は運ばれてきた焼きそばを箸《はし》でかき回し、

「いただきます」

そばを口にすすりこみながら、山中の奴、妙なことをいい出したなと思った。

本当に、その用件で呼び寄せたのか、それともほかに魂胆《こんたん》があるのだろうか、椎《しい》茸《たけ》を嚙《か》みながら判断を考えている。

「どうだね、あんまり無理に勧めてもいけないが」

「そうですな。収入はどのくらいになるんでしょうか？」

「その辺は、直接交渉をしてもらいたい。いまの会社よりずっとよくしてくれることは確かだ」

「しかし、小さな会社だとコキ使われますからね。少しばかり、よけいにいただいても、あんまり嬉《うれ》しくないですよ」

と一応逃げた。

「そうかね」

山中もあとは黙って、息を吹きかけながらそばを口に入れている。

「じゃ、仕方がないね。先方に言ったらがっかりするだろうが、君の勧めもあることだし、気が向いたら電話してくれないか？」

「分りました。ご親切にどうも」

果して山中は、あっさりと引込めた。どうも山中の肚《はら》の中が分らない。

「山中さん」

三上は箸を措《お》いて、

「クラウゼンのほうは、ときどきいらっしゃいますか？」

と、今度はこちらで少しずつ探ってみる。

「ああ、あそこかい？　まあ、ときたまだな」

「あの女性もやっぱりいるんですか？」

「変なことを聞くねえ、いるよ、あれは」

山中は少し渋い顔になった。

マユミのことは、あまりつつかれたくないらしい。

「君は、まだ独りもんだろうね？」

と山中は話を変えた。

「そうです。まだ結婚するほど収入が安定していないんですから」

「しかし、ぼくらよりはずっと収入があるんだろう。ぼくらこそ安月給で結婚ができないんだが」

誤魔化《ごまか》しても駄目だと三上は肚の中で嗤《わら》った。この男が蔭でどんなうまい汁を吸っているか見当がついている。

ただ、その確認ができないまでだ。

しかし、それも、もうしばらくだ。いまに山中や、それに結んでいる連中をキリキリ舞いさせてやる。

話は何となく割切れないままに終った。

「わざわざ呼んですまなかったね」

山中はきりをつけるように言った。

「じゃ、また気持が動いたら、ぼくに知らせてくれたまえ。先方のタクシー会社は、いつでも喜んで迎えると言っているから」

「どうも」

「忙しいところをすみませんでしたね」

三上はご馳走の礼を言って山中の前を起《た》ち上った。

三上が出て行ってから五分ばかりあとだった。

店のずっと奥に中折帽子を被ってさっきから飯を食べていた男が、すっと席から起った。

「料理はあっちのテーブルに運んでくれ」

長身のその男は、山中の前の空《あ》いた席を女の子に指した。

不二野病院の事務長飯田勝治だった。

彼は黙って山中と差向いになる。

山中は焼きそばの残りを箸でつつきながら、

「見たかい？」

と低い声で訊いた。

「見た」

飯田は女の子の運んできた自分の飯を匙で掬《すく》った。

「どうだった？」

と山中。

「あの男だ。多分、間違いない」

飯田は帽子の庇《ひさし》の下で遠い眼つきをした。この前からみると、すっかり窶《やつ》れている。武蔵野署の捜査本部で連日訊問《じんもん》を受けたのがよほどこたえたとみえる。眼窩《がんか》も頬《ほお》も落ちている。

「えっ、やっぱりあいつか？」

山中は今さらのように眼を剝《む》いた。

「多分、間違いないと思う。そうだ、恰度、小木曾妙子を病院の前で送り返すとき、運転手の顔をのぞいたが、その角度がさっき君と話したときにたびたび出た。それで、あの男だと確信がもてたのだ」

「それなら間違いない。……畜生、太い奴だ」

山中は口の中で呟き、

「ほら、その灰皿の中の煙草は、あいつの分だ」

と山中は胸のポケットにのぞかせたハンカチを出してひろげ、

「そのために、わざと煙草をあいつに吸わせたんだ」

と丁寧《ていねい》にハンカチの中に収めた。

「誰に検査をさせるんだね？」

「学校時代の友達がR大学の病理試験室に出ている。早速、今夜そいつの下宿に寄って頼んでくるよ。……これでA型だと出たら、はっきりあいつだという証拠の一つになる」

山中はそう言って飯田の帽子の下の顔をのぞき、

「君の仇討《あだうち》もできるよ」

と言った。

「仇討？　じゃア、君はあいつを訴えるつもりなのか」

飯田はおどろいたように山中を見る。

「それとも警察に投書でもするのか？」

「…………」

山中は急に返事に詰った。

「それは少し軽率だな。あいつは、どうして一筋縄ではいかないよ。田村町の島田玄一の死体を君がのぞき込んでいたのを、あいつは知っている。君はそのために二千円出している。この辺が警察のほうに分ってみろ。何をつつかれて、どこからボロが出るか分らない。ぼくは警察の調べ方というのが、今度よく分った。ちょっとした喰違いでも、そこを執念深く突いてくるんだ」

「あいつに二千円出したのは拙《まず》かったかな？」

「拙かった。それがなかったら、まだ、あの死体は興味だけでのぞいたと言えばよかったんだがな」

「しかし、白昼、殺人犯人が大手を振って東京中を走り回ってるんだからな」

「まだあいつとははっきり決められないが、ぼくは、多分、今の運転手に間違いないと思う。しかし、うかつに警察にも渡せない」

その言葉がちょっと異様に聞えたのか、山中が思わず対手の顔をのぞき込んだ。

「何か気になることがあるのか？」

「ある。……まだはっきりしないが、小木曾妙子の奴、島田玄一にしゃべった以外にも何か書きつけていた跡がある。そいつが心配で、あいつの借りていた部屋を捜してみたんだが、どうしても出てこない」

2

武蔵野殺人事件の捜査本部では、釈放した参考人飯田勝治を野放しにしていたのではなかった。彼の行動には当分、尾行がついている。

刑事が帰ってきて報告した。

「飯田は都庁の衛生課の山中という男と会っています」

その刑事は尾行の報告をした。

「銀座の喫茶店で二人だけで話していました」

「山中？　山中というと、不二野病院の査察をしている男だな？」

この主任は訊き返した。

「そうです。不二野病院はいつも山中が来ているらしいんです」

「その山中と不二野病院の飯田とが、何で喫茶店で会っているんだ、仕事の話なら病院か、都庁内でするはずだが……」

「それがよく分りません。話声が小さくて耳に入りませんでした」

「様子はどうだった？」

「大へん親しそうでした」

恰度、そこに桑木刑事が来合せていた。

「山中の奴、飯田とは個人的には知らないと言いながら、ちゃんと会ってるんだな」

桑木は言った。

「役人というのは大てい監督先と狎《な》れ合いですからね。殊に山中は不二野病院始め、あの辺の精神病院の監察を一人でやっている。病院側と通じていないのがおかしいくらいですよ」

「やっぱり査察の手心だろうか？」

「そうだと思います。尤も、それをあんまり厳しく責めるわけにはいきませんがね、どこも似たようなことをやってるんですから」

「不二野病院に不正があるのだろうか？」

捜査本部の主任は首をひねっている。

「さあ、その点はよく突込んで調べないと、何とも言えませんがね」

しかし、桑木は独自な立場でいる。

田村町で殺された元庁内紙の記者島田玄一は、武蔵野で殺された看護婦小木曾妙子から何やら情報を取っていた。

小木曾は不二野病院では古株の看護婦だ。

彼女が島田に話していたのは病院の秘密な内情に違いない。

小木曾妙子は最近は飯田に冷たくされているので、島田に病院の内情を洩らしたのはその腹癒《はらい》せともいえる。ここに監督官庁の立場にある山中が飯田と一枚嚙んでいても不思議ではない。

だが、そのことは桑木はここでは話さなかった。厄介なことだが、捜査本部は二つになっている。両方の殺しには間接的な連絡はあるが、合同捜査という性格のものではない。

「ひとつ不二野病院を洗ってみるかな」

主任は言った。

だが、病院の内情は複雑だ。簡単にボロを出すとは思えない。

しかし、主任はかなり勢い込んでいる。

「山中というのは、病院側から相当鼻薬を嗅《か》がされてるんだろうな。あいつの生活

ない。

それは桑木がすでにやっている。しかし、山中の生活は大体に質素だった。唯一の道楽といえば、銀座あたりのバーに行っているくらいだが、思ったほど派手ではない。

べつに大金を隠匿《いんとく》しているとも思えなかった。

飯田を尾《つ》けた刑事の報告はつづく。

「飯田と山中と話合ってその喫茶店を出ましたが、そのまま二人は別れてしまいました。わたしは飯田のほうを追ったのですが、これは真直ぐに高円寺に向って自宅に帰りました」

主任は、

「どうもおかしな具合だな」

と桑木に言った。

「飯田が小木曾妙子を殺したのでないことは分ったが、例のタクシー運転手も上ってこない。どうだろう、これ以上、飯田の線を追っても無駄だろうかね？」

「そうですな、小木曾妙子殺しに絞ると、飯田は直接には何でもないでしょう。さっき病院の内偵のことを言われましたが、あの看護婦殺しの犯人は、ぼくは病院関係からは出てこないと思いますよ」

「そうかね」

「あれはやはり突発犯罪でしょう？」

「そうすると、むしろ病院関係は君のほうだな」

「そうなんですがね。いや、今度ばかりは手を焼いています。田村町で殺された元庁内紙記者の島田玄一が小木曾妙子から何を聞いて、何を企んでいたかが分れば殺しの動機も見当がつくのですがね、肝心のネタの提供者の小木曾が殺されてしまったから、ぼくのほうもお手挙げですよ」

桑木は武蔵野署の捜査本部から本庁の刑事部屋に帰った。

鬱陶しいことだった。捜査は足踏み状態だ。

田村町で死体となった島田玄一のことは一応出揃っているが、それが直接犯罪のデータに結びつかない。飯田も山中も、島田玄一とどこかで関連をもっていそうだが、それもまだ出てこない。

小木曾妙子が生きていたら分るのだが、彼女の死は残念だった。

島田殺しにしぼると、彼がどこで殺されたのかもまだ判然としないのだ。死因は青酸加里だが、それをどこで呑まされたかだ。

現場附近だと、被害者が歩いているうちにそこで仆れたということになる。また離れたところだと、死体をそこまで運んだということになる。この場合、当然、運搬方法が問題だ。もちろん、タクシーではない。使ったとすれば自家用車だ。だが、これまでの大ていの事件がそうだったように、自家用車の捜索はナンバーが分らない限り、ほとんど不可能と見ていい。

武蔵野の小木曾妙子殺しは、島田事件に関連がありそうで、実は有機的なつながりはない。なぜなら、小木曾殺しはいわば偶発事件で単なる婦女暴行殺人事件だ。二つを一しょにしてはいけない。錯覚を起すと混乱する。切り離して考えるべきだ。——

こんなことを考えているとき、桑木の耳に別な刑事が問答している声が聞えた。彼の机とは別なところに、若い刑事が四十五、六くらいの主婦を呼んで何か事情を聞いているのだった。聞くともなく聞いていると、どうやら空巣狙《ねら》いのようだった。

「そうすると、ほかの部屋は全然荒らされていなかったんですね？」

「はい。いま申し上げたように、二階の八号室だけに泥棒が入ったんです」

「何を盗《と》られたのか分らないんだね？」

「その部屋の三上さんが、大したことはないから届けなくてもいいといっているくらいですから、それほどの被害はなかったと思います」

「では、その三上君というのが届けないで、管理人のあなたが届けたわけですね」

「はい。やっぱり気持が悪いものですから、こういうことは本人の気持にかかわらず、アパート全体の安全のためにお届けしました」

「では、三上君は、あなたがここに来たことを知らないのですか？」

「ええ、知りません」

「三上君はタクシーの運転手でしたね？」

「はい」

桑木は急に聞き耳を立てた。

「泥棒は、いつ入ったんですか？」

「はい。四日前の夜の十時ごろではなかったかと思います」

「その晩三上運転手は留守だったんですね」

「そうなんです。勤務で出ていたのです。その留守にやられたのです」

「その三上君の部屋の両隣はどうなっているんですか？」

「突当りの部屋なので隣は片っぽだけです。そのお隣も親戚に不幸があったとかでその日は夜おそくまで留守だったんですよ」

「ははあ、すると、その時間は隣に誰もいなかったわけですね？」

「そうです」

「あなたのアパートは、玄関から勝手に上って行けるんですか？」

「誰でも自由に上れます。ですから、不用心といえば不用心ですが、あんまり厳重にしますと、部屋を借りている人が嫌いますから」

「なるほど。空巣狙いが入ったことが分ったのはいつですか？」

「今朝になってからです。発見というよりも、三上さんがそれをわたしに話したからです」

「それは妙だね。なぜ、すぐに騒がなかったのだろう？」

「三上さんは何も盗られていないから大したことはないというんです。わたしが届けたほうがいいというと、面倒だからといっていました」

桑木は椅子から起って若い刑事のところに歩いた。

「君、ちょっと」

軽く肩を叩いて離れたところに来てもらった。主婦は眉《まゆ》のうすい、肥った扁平《へんぺい》な顔だった。

「盗難だって？」

彼は小声で訊いた。

「はあ。なに、つまらない空巣狙いですよ。とにかく所轄署に行ったら相手にされないというので、腹を立ててこっちに回って来たんです」

「被害者はアパートにいるタクシーの運転手らしいが……」

「そうなんです。但し、本人は届けないで、管理人のかみさんが不用心だからといって来たのです」

「それは横で聞いていたが……。その運転手の名前は分ってるのかい？」

「はあ、三上という男です」

「三上？　タクシー会社は？」

「青雲タクシーとか言っていました」

桑木は、あっと思った。たしか大森の中華そば屋から乗った車がそんな名前だったと思った。車の屋根についた看板に記憶がある。

しかし、それだからどうというわけでもない。だが、桑木は妙に心が惹かれた。

「被害はあまりないのかね」

「いまも言う通り、運ちゃんが届けを出さないので、はっきりと分らないそうですか」


「なぜ届けないんだろう?」

「何も盗られてないからじゃないですか。届けるのが体裁《ていさい》が悪いくらいじゃないです」

「うむ」

桑木は考えていた。

「実害がないと、面倒臭いという心理が被害者にありますからね」

「そうかもしれないね」

と言ったものの、桑木はまだ気持がすっきりしなかった。

彼はその若い刑事に断って、アパートのかみさんの坐っているところに行った。

「災難でしたね」

桑木は如才がなかった。

「はあ」

かみさんは若い刑事より上役だと思って丁寧に頭を下げた。

「実は所轄署の方にお願いしたんですが、なかなか来ていただけないんです。たとえ被害が少くとも、こういうことはあとあとのことがありますから、やはり調べに来て下さらないと困るんです」

「ご尤もです」

「空巣狙いでも、泥棒に入られたのに違いはありません。気持が悪いんです」

「あなたのおっしゃる通りです。じゃ、ぼくがご一しょに伺いましょう」

若い刑事が妙な顔をした。

「まあ、そうですか」

かみさんは顔を急に明るくした。自分のねばりで本庁の刑事が動いたと思って喜んでいるのだ。

「お所はどちらでしょうか？」

「池袋の日ノ出町一丁目ですわ。東口から雑司《ぞうし》ケ谷《や》へちょっと寄ったほうです」

「分りました。じゃ、早速、ご一しょしましょう」

桑木は先ほどの若い刑事に耳打ちをした。

「ほかの事件に関連してちょっと心当りがあるんだ。ぼくに任せてくれないか」

「そりゃ構いません。どうぞ」

その刑事もコソ泥の被害届けではあんまりうれしくもないときだったので、気持よくバトンを渡してくれた。

桑木は重枝を伴れてアパートのおばさんと一しょに池袋へ向った。

3

「その運転手の……」

「三上さんですか？」

「そう。その三上君は今日いますか？」

「昨日は出番でしたから、今朝早く帰って寝ているはずです」

「三上君はどんな性格ですか？」

電車の中で桑木は訊いた。

「そうですね、なんだか、あまりわたしたちとは口を利かない人です。どちらかというと交際嫌いのほうでしょうね」

「友達などは訪ねて来ませんか？」

「あまりないようです」

「もちろん、独身でしょうね？」

「そうです」

「好きな女などはいませんか？」

「さあ、あれでしまり屋ですから、女なんか出来ないでしょうね」

アパートのかみさんは三上にあまり好感をもっていないらしく、嘲《あざけ》るように笑った。

「そいじゃ相当金を溜《た》めこんでるでしょう？」

「どうだか。近ごろは運転手の収入もよくなったそうですが、三上さんは前とあんまり様子が変らないようですね」

「性格はどうなんですか？　暗いほうですか？」

「あまり明るいほうとは言えませんね」

「部屋代などは払ってるでしょうね？」

「それは毎月きちんと入れてくれています」

「友達がこないというと、自分から遊びに出かけるということはあるんですか？」

「そりゃ独り者ですから、明け番などは昼過ぎまで睡って、ふらりと出かけてゆくようです。でも、あんまり外泊したことはないようですね」

「どちらかというと、真面目なほうなんだな？」

「そうかもしれませんね。酒もあまり呑まないようだし、これという道楽もないようです」

　そのアパートは、どこにでもあるようなモルタル造りの二階家だった。階上と階下と合せて十室あるという。その近所は路次の奥などに小さなアパートが集っていた。

「三上君の部屋は二階でしたね？」

「そうです。すぐ上ってごらんになりますか？」

「そうしましょう」

　桑木は、玄関からすぐ上って行ける階段の様子をひと通り見渡した。

「なるほど、これじゃ外から知らない人が入ってきても分らないな。二階に上るのも往来と同じですね」

「そうなんです。不用心ですけれど、こうしないと、部屋を借りている人が窮屈だと言うもんですから。その代り、各部屋の戸締りを厳重にしてもらっています」

　刑事はかみさんに従《つ》いて二階の廊下の奥へ歩いた。八号室は突当りの右側にある。入口はガラス戸になっていて、別に小さな窓があった。その両方ともカーテンが中から垂れている。

「留守かな？」

刑事は呟いた。

「呼んでみましょう」

かみさんはドアのすぐ横に付いているボタンを押した。すると、けたたましいくらいにブザーの音が鳴る。

中からはすぐに返事がなかった。かみさんは二度目を押した。

「だれ？」

やっと反応があった。その男の声は寝ているところを起されたという感じだった。

「三上さん」

かみさんは呼んだ。

「ちょっと起きて下さいよ。わたしですよ」

すると、内でごとごとと物を片づける音がしていたが、やがて内側のカーテンが撥《は》ねられて影法師が射し、錠を外《はず》す音がした。

戸が半分開いた。

やや小肥りの、二十八、九ぐらいの、円い顔の男が睡《ねむ》そうな顔つきで顔を出した。が、管理人のうしろに見知らない男が二人従いているので、はっとしてその眼を大きく開いた。

桑木は、この顔を見た瞬間に、自分の予想に狂いのなかったことを知った。やっぱりこの男だった。たしかに大森の中華そば屋に入っていた運転手だ。彼の車で代々木まで乗ったが、あの運ちゃんに間違いはない。

だが、運転手のほうは桑木の顔を忘れているようだった。表情でそれと分る。

「三上さん」

とかみさんが言った。

「警察の方ですよ。あんたのところに泥棒が入ったので、調べにきて下さったんですよ」

「え？」

三上は皺《しわ》だらけのワイシャツの懐ろの中に手を入れるとぽりぽりと掻いていた。

「なんだ、奥さん、あんた警察に訴えに行ったのかい」

と不服そうな声を出した。

「お邪魔します」

桑木は微笑しながら一歩出た。

「いま、こちらの」

とかみさんのほうを見て、

「訴えで空巣狙いがあったのを知ったんですがね。ひとつ調べさしてくれませんか」

「何も被害はありませんよ」

と三上は不機嫌な顔で言った。

「警察からわざわざ見えてお調べになるほど大袈裟《おおげさ》なもんじゃありません」

「いや、たとえ実害がなくとも、空巣が入ったことは間違いないんですから、犯罪として一応調べておかなければなりません。あなたが訴えなくとも、それは警察で調べなければならないんですよ。刑事事件ですからね」

「そうですか」

三上はよけいなお節介したものだといった眼で管理人をじろりと見ていたが、

「じゃ、散らかっていますが、どうぞお入り下さい」

と無愛想な声で言った。

桑木は重枝と一しょに内に入った。そこは六畳一間で、横に炊事場のようなものが付いている。

部屋は殺風景だった。古い洋服ダンスと整理ダンスがあるのが唯一の調度らしいもので、あとは空箱などがごてごてと積重ねられてある。隅に貧弱な机があったが、本一冊載っていなかった。着物やワイシャツが柱の釘に自堕落にぶら下がっている。炊事場も、リンゴの皮を剝いたのや、大根の切端《きれはし》などが散らかっていた。男のひとりの生活だ。

三上は今まで寝ていた蒲団を大急ぎでたたんでいた。その蒲団もあまり上等とはいえない。この様子の限りでは、三上の収入は大したことではなさそうだった。

「荒らされたというところはどこですか？」

桑木は部屋の中央に立って訊いた。

「そのタンスが開いていて、中の洋服が散らかっていただけです。洋服ダンスも同じでしたがね」

三上はやはり不承不承な答え方をした。

「それで一着も盗まれていないんですか？」

「はあ、みんな無事でした。多分、ぼくの着るようなものを持って行っても仕方がないと思ったのでしょう」

「机はどうですか？」

桑木は貧弱な机を見下ろして訊いた。

「それも何も荒らされていません。なにしろ、盗ろうにも盗るものがない部屋ですからね」

「畳に足跡か何かついていたんですか？」

「それはなかったんです。錠前を表から外されましてね。どうして外したのか。とにかく、何か道具を使ったんでしょうが、巧いもんですね。いま付けているのは、別に新しいのを買ってきたんですがね」

「盗られたものはないかよく調べてみましたか？」

「それは調べました。何もないのです」

「届けなかったのは、盗難がないからですか？」

「そうなんです。これで洋服一着でも盗まれたら、早速、お願いに行きますがね」

「大体、分りました。ところで、その日はあなたが仕事のある日だったわけですね？」

「そうです。今から四日前ですから」

「ちょっと指紋を取らしてもらいます」

「指紋？」

「四日も経《た》っていれば、もう駄目だろうとは思いますが、一応、この戸口や、整理ダンスや、洋服ダンスの扉など当ってみましょう」

桑木は重枝に眼配《めくば》せした。重枝はポケットから函を出して、白い粉をガラス戸、タンス、机などの要所要所に振りかけた。

三上はそれをじっと見ていたが、次第に苛立《いらだ》たしい表情になってきた。

「こんなこと、いつまでやるんですか？」

「もうすぐ済みます。一応、あなた以外の指紋を検出しておかないと手がかりがありませんからね」

「さあ、それはもう駄目じゃないですか」

と三上のほうから言った。

「出るのはぼくの指紋だけでしょう。なにしろ、この部屋はぼく一人が暮していますからね。到る処に指紋が付いてるはずです」

「まあ、そう言わないでしばらく見ていて下さい」

三上は言われた通りじっとしていたが、その表情はだんだん嫌悪を表わしていた。

桑木は、重枝が出した指紋と、三上から取った指紋とを照合した。

すると、はっきり写っているのは三上の指紋だけで、そのほか消えかかっているのも大体三上のものと思われた。

「やっぱり出ませんか」

三上は訊いた。

「どうもはっきり出ないようですね。あんたがもう少し早く届け出てくれると、或いは犯人の分が出たかも分りません。これじゃあなたの分が重なって、すっかり犯人の分を消してしまっていますよ」

「そうですか。しかし、被害もないのに届け出ることはないと思いましてね」

三上は開けた窓に腰を下ろして煙草を吸った。

「これからこういうことがあったら、必ず届けて下さいね」

桑木は言った。

「はあ、分りました」

「被害届を出してもらわないといけないんですが」

「被害届ですって？　だって何も盗られていないんですよ」

「それでも、あなたの部屋に侵入してきたことは間違いないんですからね。何も盗られてなくとも、タンスの抽斗《ひきだし》なんかは開け放されて荒らされている。あとで犯人が捕《つか》まったとき、被害者の届けがないと犯罪が成立しませんからね。お願いしますよ」

「はあ」

三上は仕方なさそうに応《こた》えた。

「簡単に書けばいいんでしょう?」

「簡単で結構です。……ところで、空巣に入った男は、一体、何を狙ったんでしょう?」

「はあ」

三上の表情が初めて動いた。

「つまりですな、何も盗られていないというのは、何か狙うものがあってそれが無かったということじゃないかと思うんですが、どうでしょう?」

「心当りがありませんね」

三上は煙を吐き出して答えた。

「ぼくはその泥棒がもっと金目のものがあるかと思って入ったんじゃないかと思います。あいにくとガラクタばかりなので、がっかりして出て行ったと思いますよ」

「まあ、それなら結構ですがね。とにかく、被害届だけはお願いしますよ」

桑木は重枝を促《うなが》して廊下に出た。管理人のおばさんが何かと言いかけるのをいい加減に聞流して、桑木は重枝とアパートを出た。

「君、これから今の三上という男の勤めている青雲タクシーに行ってみよう」

「三上はおかしいんですか？」

「ちょっと心当りがある。だから、わざとよけいなことは訊かなかったんだ」

「ああ、そうですか。道理で訊問《じんもん》があんまり簡単すぎたと思いましたよ」

ここまで言って重枝も気づいたらしく、

「ああ、あの男が例の武蔵野の看護婦殺しに関係があるんですか？」

「まだ本ボシかどうか分らないが、有力な線だとは思っている。とにかく、これから当ってみよう」

二人は、そこから二町ばかり離れている青雲タクシーの営業所へ向った。

営業所はさほど大きくなく、折から車が出払ったあとで、駐車場には車の影もなく、故障らしい車が五、六台車庫に入っていた。

「みんなクラウンだな」

桑木は呟いた。

それを横で聞いた重枝がはっとなった。武蔵野の殺人事件では、不二野病院の飯田事務長が看護婦と乗った車はトヨペットクラウンで、色はよく憶えていないが、多分、緑色だったように記憶しているという証言を思い出したのだ。

ここの車は緑色ではないが、青色に塗られていた。おそらく、青雲タクシーの名前に因《ちな》ませたものだろう。

桑木はゆっくりと営業所のドアを開いた。営業所の主任が名刺を受けて椅子から離れてきた。

「どういうご用件でしょうか?」

と、これはひどく丁寧である。

「こちらに三上正雄君という運転手がいますね?」

「はあ、おります」

営業所の主任は少し心配そうにうなずいた。交通課から来たのではなく捜査課なので、事故でなく犯罪に関係がありそうに思えたからだ。

「まだ本人がどうしたというわけではないので極秘にしてもらいたいんですが、その三上君の三月五日の乗車日報を見せてくれませんか」

「かしこまりました」

営業主任は自分で椅子から起ち上り、戸棚を開けて、その綴りをひと抱え取出した。

4

看護婦殺しの事件の起った三月五日の三上正雄の運転日報は、午後十時以降は新宿↓渋谷↓赤坂↓銀座↓新宿↓銀座となっている。最後が午前一時四十分で、それから営業所に引揚げている。

桑木はそれをメモに写した。

「三上がどうかしたんですか？」

営業主任が心配そうな顔をのぞかせた。

「いや、まだはっきりとしないんだがね。少しおかしなところもある」

「何ですか、事件は？」

「いずれ、もう少し臭くなったら、あんたにも話して協力を頼みますよ」

桑木はその前回の日報を繰った。つまり、三月三日の分だ。運転手は隔日勤務となっている。

三日の午後十時以降は新宿↓荻窪、荻窪↓池袋、池袋↓四谷《よつや》、四谷↓麻布《あざぶ》霞町《かすみちょう》となっている。さらにその前回のを繰ってみると、同じく十時以降は新宿↓駒込《こまごめ》、駒込↓東大久保《ひがしおおくぼ》となって、銀座はない。

桑木は興味を持った。

そこで、五日以降の日報を繰ってみた。

三月七日の午後十時以降は渋谷↓大森、大森↓五反田、五反田↓新橋となっている。その次を繰った。三月九日の十時以降は池袋↓志村《しむら》、志村↓赤羽《あかばね》、赤羽↓上野《うえの》というふうになっている。これは面白い現象だった。桑木は五日を中心にしてもっと前の日報を繰った。それをいちいち克明にメモした。ほとんどが午後十時以降である。

営業主任は何がはじまったかという顔で、桑木の写すのを横からのぞいている。

「重枝君、面白いことを見つけたよ」

彼は片隅に若い刑事を呼んで低声《こごえ》で言った。

「何ですか？」

「これを見たまえ」

と自分の写したメモを彼に見せて指で押えた。

「五日以前の三上の日報を見ると、午後十時は必ず新宿が入っている」

「本当ですね」

「これはどういうことだ？　お客さんはどこに走らせるか分らないから、いつも午後十時にきちんと新宿から出発するということは考えられない。そこでだ、つまり、これは三上が午後十時前には必ず新宿に駐車していたということになる」

「本当ですね」

　重枝も顔を緊張させた。

「君、筑紫《つくし》の女中が、岩村章二郎都議の乗った車は近くに駐車していたタクシーを呼んだと言ったね。不運なことに、どこの会社のものか標識も見なかったし、車体番号も確めていないが、これは有力な参考だよ。そら、事件当夜の五日もちゃんと午後十時は新宿からとなっている。あとは都心のほうへ何度も往復していることになっているが、こいつは確認のしようがない。だが、彼の心理となって考えてみれば、あの武蔵野の寂しい方向とは逆な都心をわざと択《えら》んだということも推定できる」

「そうですね」

「ところがだ、もっと面白いのは、五日の次からだ。三月七日の午後十時は渋谷からとなっている。次の勤務日の三月九日の午後十時は池袋からはじまっている。つまり、事件のあった日の次からは完全に新宿が消えている」

「なるほど」

「仮りに三上が武蔵野の看護婦殺しの犯人だとすると、新宿は何となく避けたいという気があったのじゃないかな。つまり、それまでは新宿に駐車して客待ちをしていたが、事件発生後からはそこを避けてよそで稼《かせ》いでいたということになる」

「全くそうですね」

「しかもだ、新宿で客待ちしていたところは、こうなると、あの筑紫の近所ばかりではなかったかと思う。だが、あんなところで客待ちするのは不自然だ。幸いあすこは駐車禁止ではないが、筑紫の客を乗せるにしても、一軒だけを目当てにするのはおかしい。ぼくの考えでは、もしかすると、三上はそこで岩村都議がタクシーを呼ぶのを待っていたんじゃないかと思うね」

「そういうふうに言われてみると、そんな感じもしますね」

「君もそう思うだろう。どうも三上という男は臭いよ」

小さな声でこそこそと話しているものだから、営業主任が向うで机にむかいながらもしきりとこちらを気にしていた。

桑木は主任のほうへ戻った。

「主任さん」

と桑木は呼びかけた。

「この三上君という人の性格はどうなんですか？」

「はあ」

と主任はペンを置いて起ってきた。

「三上は、ここにはもう三年ぐらい働いています。この男はなかなかのしまり屋ですよ。まだ独身ですがね。酒も呑まず、遊びもせず、貯蓄一方を心がけているようです」

「そうすると、相当稼ぐんですな？」

「前はずいぶん稼いでいたようですね。水揚げは、ここではいつも一、二番でした。……ところが、最近は少し落ちたようです」

「ほう。そりゃいつごろからですか？」

「先月からでしょうな。それも月半ばからこっちが悪いんです」

桑木は重枝と眼を見合せた。

「それはどういう理由でしょうか？」

「さあ、はっきりしたことは分りませんがね。まあ、運転手の稼ぎはやっぱり運次第ですから、客の当りが悪くなると、もう藻掻《もが》いても空車で走ることが多くなります」

「けど、それまでずっと平均して一、二番だったのが、先月半ばから急に落ちたのは、三上君が仕事に精を出さなかったからだともいえるんじゃないですか？」

「そんなこともないでしょう。あの男のことですから、途中から怠けるということは考えられませんね」

「三上君は、この運転日報でみると、三月五日以前は、よく新宿から客を拾っていますが、元来、あの辺が彼の稼ぎ場なんですか？」

「そうですね、運転手には個性といいますか、自分の得意な稼ぎ場所があります。たとえば、山の手ばかりを回る奴と、下町ばかりを走ってる奴とがありますし、また、その両方でもそれぞれ細かく分けられます。三上の場合は山の手が得意には違いないですが、主に渋谷から目黒、世田谷あたりを稼ぎ場にしていたようですね。尤も、これはお客さんの行先次第ですから、必ずしもその辺だけを走るとは限りませんがね。大体のところはそうです」

「すると、新宿のほうはあまり行ってないんですな？」

「いや、そうとも言えません。池袋から新宿までの客はよくつきますからね」

「誰か、三月五日の午後十時以降に、三上君を渋谷や池袋や銀座、京橋辺で見たというお宅の運転手はいないでしょうかね？」

「さあ」

主任はテーブルの上に両手を立てて首をかしげた。

「むずかしい注文ですね。ここの営業所のタクシーの台数は六十台ですがね。それでも東京都内に散って走ってるから、めったに同じ営業所の車に遇うということもないわけです」

それは全くそれに違いなかった。

「まあ、念のために訊いてもらいたいんですよ。それから、これは三上君には絶対内緒にしてほしいんです。ほかの運転手さんにもそう言って下さい」

「刑事さん」

営業主任はたまりかねて言った。

「一体、三上は何の嫌疑ですか？」

「嫌疑というほどではありませんがね」

ここまでくると主任だけには打明けざるをえなくなった。

「へえ」

主任は表情を変えている。

「あの事件が運転手に関係ありそうだとは新聞に出ていましたが、まさかウチから嫌疑者が出ようとは思いませんでしたよ」

「いや、主任さん、まだ嫌疑者という段階ではないから、そのところはひとつ含んでおいて下さい。われわれは三上君だけではなく、ほかにもいろいろとそういう心当りの人間を調べているわけです。実際、これに間違いないと思って重要参考人として捜査本部に呼んできても、あとでシロになることが多いんですからね。三上君の場合はまだそこまでも行っていないんですから、決して本人に対して特別な色眼で見ないで下さい。これだけはくれぐれも頼みますよ」

「分りました」

「それで、いま、運転手は全部出払っているわけですね？」

「そうです」

「明日の今ごろまた来ますからね。もし分れば、知らせて下さい。それから、これはもっと重要なことですがね。主任さんに頼んで恐縮ですが、三上君をこの事務所に何かの理由で呼んで、しばらく雑談してくれませんか」

「雑談？」

「ええ。何となく話してくれたらいいんです。そして大事なことは、三上君に煙草を吸わせるんです。あなたが一本を出せば、彼も遠慮はしないでしょうから、喜んで吸うと思います。彼が揉《も》み消した吸殻は捨てないで丁寧にハンカチにくるんで取って置いてもらいたいんですよ」

「ははあ、つまり、三上の血液型を調べられるわけですな」

主任はいくらか得意そうに言った。

二日後、桑木は武蔵野署の捜査本部に行き、主任に会った。

「主任さん、ホシらしいものを見つけてきましたよ。いいえ、うちのほうじゃなくて、おたくのほうです」

「君、本当かい？」

捜査主任は桑木の実力を知っている。急に身体《からだ》を乗出してきた。

恰度、ほかの捜査員が外に出回っていて、本部のある柔道場には主任のほか二、三人が残っているだけだった。

桑木は三上のことを話した。

「不二野病院の飯田事務長が証言した通り、車はトヨペットクラウンです。色はグリーンと青の違いですが、これは夜の目撃ですから、証言者のほうが間違っているということもいえます」

「うむ」

「それから、本人の血液型を取るため、煙草の吸殻を本庁の鑑識でやってもらったんですが、A型でした」

被害者の看護婦小木曾妙子を殺したのが、運転手だという見極めはいよいよ強くなっていたときである。

なかには白タクの不良という説もあったが、あのような暗い場所では、普通のタクシー運転手でも女一人だと出来心を起すという可能性も十分にある。

「顔も、この前、飯田事務長と、岩村都議と、筑紫の女中とが択び出した写真によく似ていますよ」

尤も、この写真のほうは正確とはいえない。

つまり、目撃があやふやだった。記憶にないというよりも、ろくすっぽ運転手の顔を見ていないのだ。

だが、大体の感じとしてこういう顔だったと三人で択び出した写真の人相が悉《ことごと》く円顔であった。

「その三上も小肥りで、円顔のほうです」

「なるほどね。しかし、君はもっと強い線を拾ってきたのだろう？」

「それがこれです」

桑木は例の運転日報の写しを出して、主任に自分の考えを説明した。

「うむ、これは面白いね」

主任は桑木の指を追いながら、日報に現われた地名の変化を自分でも考えている。

「それから、問題の三月五日の晩ですが、運転日報には、三上がこの通り新宿↓渋谷、渋谷↓赤坂、赤坂↓銀座、銀座↓新宿、新宿↓銀座というふうに都心ばかりを走らせていたようになっています。そこで、そのころ三上を銀座方面で見た者がないかと、同じ青雲タクシーの営業所の運転手に主任から訊かせてみたんです。それはやっぱり一台も見つかりませんでした」

「しかし、君、それは無理だろう。あれだけたくさん走ってる車だから、同じ車とすれ違うということは滅多にないだろう」

「それはその通りです。ところがですね、その前回の日は、三上が池袋のほうへ走ってるのを見た運転手がいます。その前々回ですか。やはりこの日報の通りに彼と途中ですれ違っている運転手がいるのです。大体、青雲タクシーの営業所というのは池袋ですから、どうしてもあの辺を走ってる車の数が多いわけです」

「そうすると、三上という運転手が問題の三月五日の午後十時ごろ、やはり新宿から岩村都議を乗せて行ったということになるんだな？」

「多分、あの〝筑紫〟の横で待っていたに違いありません。これにも同じタクシー会社の運転手の証言があります。三上は近ごろどういうものか筑紫の横で客待ちをしている、と言うのです。ぼくの推定に大体間違いないと思いますがね」

主任は鉛筆の頭で、自分の額を叩いていた。

「主任さん、思い切ってこの際三上を引っぱってみたらどうです？」

「そうだね」

主任は慎重だった。

前に飯田事務長を参考人として連日呼んできたが、結局、シロと分った。新聞にもそのことが洩れて、なかには飯田事務長が真犯人間違いなしというような書き方をしているのもある。

そんな心配が主任の教訓となって三上を容疑者にするのを躊躇《ちゅうちょ》させている。

「主任さん」

と桑木は言った。

「ぐずぐずしているときではないと思います。ぼくはこれは本ボシだと思いますよ。まあ、大事をとって、何かの事件にひっかけて留置するのもいいし、また話を聞きたいと言って重要参考人にするのもいいと思います」

「よし」

と主任は決心したように言った。

「まず、参考人として三上を引っぱろう」

下巻に続く

一九八四年八月　角川文庫刊

※本作では、精神科病院が物語の重要な舞台として登場します。二〇〇六年（平成十八年）に「精神病院の用語の整理等のための関係法律の一部を改正する法律」が施行され、行政上使用する用語としても、それまでの精神病院に代わって、精神科病院が使用されているのはご承知のとおりです。同様に統合失調症も、二〇〇二年（平成十四年）から、それまでの精神分裂症に代わって使用されているのもご存じのとおりです。しかしながら、本文中には「精神病院」「分裂症」「廃人同様」「狂暴患者」等の用語や比喩がたびたび用いられており、精神科の患者に対する揶揄も含まれています。また、「看護婦」「外人」「運ちゃん」など、今日の観点からすると不快・不適切とされる呼称も使用されています。

編集部では、一九六二年（昭和三十七年）に成立した本作の、物語の根幹に関わる設定と、当時の時代背景、および作者がすでに故人であることを考慮した上で、これらの表現についても底本のままとしました。それが今日ある人権侵害や差別問題を考える手がかりになり、ひいては作品の歴史的価値および文学的価値を尊重することにつながると判断したものです。差別の助長を意図するものではないということを、ご理解ください。

（編集部）

光文社文庫

長編推理小説

地《ち》　の　指《ゆび》（上）　松本清張《まつもとせいちょう》プレミアム・ミステリー

著　者　松《まつ》　本《もと》　清《せい》　張《ちょう》

2018年5月20日　初版1刷発行
2024年4月5日　2刷発行

発行者　三　宅　貴　久
印　刷　大　日　本　印　刷
製　本　大　日　本　印　刷

発行所　株式会社　光　文　社
〒112-8011　東京都文京区音羽1-16-6
電話（03）5395-8149　編　集　部
8116　書籍販売部
8125　制　作　部

落丁本・乱丁本は制作部にご連絡くだされば、お取替えいたします。

ISBN978-4-334-77652-7　Printed in Japan

組版　萩原印刷